JN100499

悪役令嬢なのに下町にいます

～王子が婚約解消してくれません～

お忍びスタイル
アルデバラン
シュテンメル王国の第一王子。
真面目で責任感が強い性格。
ベラトリクスの婚約者。
ベラトリクス
乙女ゲームの悪役令嬢に転生した主人公。
シュテンメル王国の筆頭貴族、
ロットナー侯爵家のひとり娘。
断罪回避のため、楽しい引きこもり計画を
スタートさせるが——!?

登場人物紹介
シャウラ
貧しい男爵家の娘。
乙女ゲームのヒロインのように
振る舞うが、その正体は……!?
フィリーネ
クラスメイトの子爵令嬢。
ベラトリクス親衛隊を
結成している。
ウィリアム
ロットナー侯爵家で働く執事。
癇癪持ちのベラトリクスを
幼少期からずっと支えてきた。
ケーティー
ベラトリクスを貶めるために
暗躍する侯爵令嬢。
アルデバランを狙っている。

プロローグ　断罪劇の幕が上がる

「ベラトリクス、あなたとの婚約を破棄する！」

ある春の日のこと。

諸国との交易で栄える大国、シュテンメル王国。その王都にある学園では、生徒の卒業を祝うパーティーが開催されている。貴族や豪商の子女らが集うこの場所には、意匠を凝らした煌びやかなドレスと装飾、彩り豊かな豪華な食事が並ぶ。

和やかな談笑と楽団による演奏で賑わうその最中、この国の第一王子であるアルデバランの高らかな宣言が響き渡った。

――ああついに、この日がやってきたわ。

ベラトリクスと呼ばれた令嬢は、そんなことを考えながらその麗しい金髪王子を見る。

ロットナー侯爵家はこのシュテンメル王国の筆頭貴族、そしてこのベラトリクスはその家のひとり娘である。さらに険しい顔をしてこちらを睨みつけている王子の婚約者という肩書きも持ち合わせていた。

いつもは緩やかなウェーブを描く赤髪も、大切な卒業パーティーのためにきっちりとした縦ロールに仕上げてもらった。派手な赤いドレスも予定どおりだ。

ベラトリクスがチラリと目をやれば、アルデバランの背にすがるように桃色の髪の男爵令嬢がくっついている。一度たしかに目が合ったが、怯えた表情でサッと彼の背に隠れてしまった。

さらにその背後には第二王子のレグルスに、宰相候補の誉れ高い伯爵令息アークツルス、騎士のカストル、教師のベイド、大商家の子息メラクといった面々——いわゆる乙女ゲームの攻略対象者と呼ばれる人々が勢揃いだ。

——さあ、はじめましょう。

まさに乙女ゲームの断罪場面ともいえる状況に、ベラトリクスは一度小さく息を吐く。ようやくここまできたのだと感慨深さすらある。

「まあ……。理由を聞かせていただいてもよろしいですか?」

まるで初めて聞いたかのように驚いた表情を作りながら、悪役令嬢のベラトリクスはまっすぐにかの集団と対峙した。

第一章　悪役令嬢ベラトリクス

月日は断罪劇から四年ほど前に遡る。涼やかな風が心地よい、とある秋の日のことだった。

「～～っ、どうしてっ、どうして殿下はわたくしを見てくださらないのっ⁉」

王都に立ち並ぶ貴族の邸宅の中でも、ロットナー侯爵家はその権勢にふさわしく豪奢な屋敷を構えている。その一室で、侯爵令嬢である十一歳のベラトリクスは、燃えるような赤髪を振り乱して怒りを爆発させていた。

「もう……なんなの、あの女はっ‼」

金切り声で叫び、怒りに身を任せて手当たり次第ものに当たり散らす。

ガシャンと大きな音を立てて、花瓶が棚から落ちて粉々になった。そこに飾られていた美しい薔薇(ばら)も、その花を生けていた水も溢れて鮮やかな絨毯(じゅうたん)に染みを作る。

「ベラトリクス様、お怪我をしてしまいます」

「うるさいわねっ‼」

壊れた花瓶で怪我をするかもしれないと心配する侍女たちの忠告を無視して、怒りに満ちた形相(ぎょうそう)を浮かべるベラトリクスに少女らしさはない。

「ああもう、忌々(いまいま)しいわ、なんなのよあの子ばっかり……所詮男爵あがりの異国の母親の血が入っているくせに!!」

髪色よりもさらに濃い真紅のドレスを身に纏うベラトリクスは、とある令嬢へのいら立ちを隠そうともせずに、ギリリと唇を噛みしめる。

元々の顔立ちが派手なこともあるが、性格も苛烈で、癇癪を起こすとなかなか治まらないことを侍女たちは知っていた。

今日は王宮でお茶会が催された。その場には婚約者である第一王子のアルデバランを筆頭に、同じ年ごろの貴族子息たちが集められていた。

そしてその場に、ベラトリクスがこの世で最も嫌っている女——公爵令嬢アナベル・バートリッジが来ていた。

可愛らしいストロベリーブロンドの髪に、空を映したかのように澄み切った水色の瞳を持つアナベルは、いかにも愛らしく快活で、ベラトリクスと対極的な存在。

加えて彼女は王家の血筋でもある。バートリッジ公爵家の当主は、臣籍降下した王弟殿下ジークハルトが務めており、そのひとり娘なのだ。身分さえも勝てないところが憎らしい。

ただそれでも、最近は彼女と会う機会は格段に減っていた。港町を抱く広大なバートリッジ公爵領は大陸南部にある。普段アナベルは母親ともども領地に引っこんでいて滅多に王都にいないため、ベラトリクスの心の平穏はギリギリのところで保たれていた。

それなのに、今日に限ってはいたのだ。

アルデバランと楽しげに談笑するアナベルの姿が視界に入った瞬間、ベラトリクスは頭に血が上るのがわかった。彼がベラトリクスには見せないような柔らかな笑みをアナベルに向けるたびにムカムカする。

アナベルとアルデバランは親戚関係だ。従妹なだけあって、殿下のアナベルに対する態度は他の令嬢に対するそれと一線を画している。

——本当に嫌いな女。婚約者は、わたくしのほうなのに!!

殿下はアナベルを優しく「アナ」と呼ぶ。

対して婚約者であるベラトリクスは、一度として愛称で呼ばれたことなどない。最近では名前を呼ばれるときといえば、苛烈なベラトリクスを咎めるような口調であることが多かった。

「いらいらするわ、本当に！　っ、きゃあああっ⁉」

「あっ、お嬢様っ！」

ベラトリクスは興奮したまま、まわりをよく見ずに身体の向きを変えた。その瞬間、濡れた花瓶の破片の上に足がのってしまい、そのまま足を滑らせて視界が反転する。

一瞬の出来事だった。

彼女の動きに反応した侍女のひとりが即座に駆け寄り、ベラトリクスが破片に触れないよう腕を伸ばして身を挺して下敷きとなる。その衝撃で、ベラトリクスは意識を失ってしまった。

「誰か、誰か!!　お嬢様が!!　エリノア、あなたは大丈夫？　ひっ、血が……！」

部屋にいたもうひとりの侍女は、慌てて他の使用人を呼ぶ。

「わ、私は、大丈夫よ、クレア。お嬢様は……」

「おっ、お怪我はしていないと思う。待っていて、エリノア。急いで皆を呼んでくるから」

顔面蒼白となりながらも、クレアと呼ばれた侍女は急いで部屋をあとにする。

破片が飛び散る騒然とした床の上で、真紅のドレスの令嬢は眠るように倒れていた。

◇◇◇

「ん……眩し……」

そう思って目を開けると、見覚えがあるようなないような天井が眼前に広がっていた。

天蓋(てんがい)付きのベッドなんて、どこかのリゾートホテルみたいだ。旅行にでも出かけていただろうか、それとも夢なのかなどとぼんやり思いながら身体を起こすと、頭がズキリと鈍く痛んだ。

「……わたくし、転んだんだっけ。……わたくし?」

咄嗟に出た言葉に、自分でも驚いてしまう。「わたくし」という単語をこれまで使ったことがなかったような新鮮な気分だ。

「ベラトリクス様！　まだ横になっておいてくださいませっ」

頭の中が混沌として整理出来ないままでいると、メイド服の女性が血相を変えてわたくしのほうへ駆けてきた。

ベラトリクス。

そうだ、わたくしの名前はベラトリクスだ。ロットナー侯爵家の長女。

「……っ」

「大丈夫ですか⁉　すぐに侍医を呼んで参ります！」

脳天を突き抜けるような頭痛に顔を歪めると、年若いメイドは急いで部屋を出ていった。初めて見る顔だったように思うが、それも定かではない。

「ベラトリクス……あれ、わたくし、ずっとそんな洒落た名前だったかしら……」

他にも名前があった気がする。

ズキリと痛んで重い頭には、まったく別の風景が広がっていた。黒髪の人々と飛び交う日本語、高層ビルに車のライト――これは、なんの記憶だろう。

わたくしはこめかみのあたりを押さえながら、ベッドサイドにあるチェストの引き出しを開けた。その場所に何があるのかは身体が覚えているらしく、そこには小さな手鏡が入っている。

子ども用に作られた小さなものだが、木の彫刻が細部まで凝っていて可愛らしい。そうだ、これはずっと『ベラトリクス』のお気に入りの品だったものだ。

どうしてこんなところに仕舞いこまれているのか不思議に思いながらも、自然な流れでその鏡を覗く。

そこには赤髪に少しだけ紫がかった紅の瞳という激しい色使いの少女が、不安げな顔でこちらを見ていた。頬に手を当てると、すべすべ滑らかでもっちりとしていた。若い。

「あら、強めの美少女……というか、見たことある顔ね……？」

自分の顔なのだから知っていておかしくはない。不思議なことを口走っている自覚はある。

だが、こうして鏡を見たことで、少し落ち着いてきた。

頭の中に、ふたつの世界があることに気がついたのだ。

今を生きる侯爵令嬢のベラトリクス・ロットナー。それとは別に、別世界の別の人生を過ごしたわたくしの記憶。俗に前世といわれるであろうそれは、日本人だったころの記憶だ。

そう答えが出ると、胃がモヤモヤするような気持ち悪さはなくなっていく。

「ええと、わたくしの直前の記憶では……イタタタ」

そっと後頭部に触れると何やらポコッと膨れていて、触っただけで痛みを伴う。そういえば怒りに任せて暴れたあとに、滑って転んだのだった。その衝撃によって、前世の記憶というものが呼び醒まされてしまったのだろう。

「それにしても、この顔立ち……ベラトリクスという名前……どこかで……うーん」

日本でこんな友人がいた覚えはないし、自身も黒髪黒目だったはずだ。それなのに、ベラトリクスという人物に覚えがある。日本人のときに見たことがあるような気がする。

唸りながら鏡とにらめっこをしていると、コンコンと扉を叩く音がした。

「お嬢様！　よかった、目が覚めたのですね。アルデバラン殿下からお見舞いのお花が届いていますよ」

わたくしのもとに現れたのは、ダークブロンドの髪を後ろになでつけ、執事服をきっちりと纏(まと)った男性だった。ベラトリクスの従者であるウィリアムだ。花束を抱えて優しげに微笑んでいる。

その後ろから、先ほどのメイドが医者らしい壮年の男性を連れてきていた。

「こちらに飾りましょうか」

ウィリアムは笑みを崩さないまま、ベラトリクスの――わたくしのそばにあるチェストに花束を置こうとする。わたくしはというと、彼から告げられた言葉に動揺を隠せないでいた。

「アルデバラン……殿下……？」

「はい。倒れたお嬢様のことを、とても心配しておられるようです」

――いいえ、違う。そんなはずはない。

わたくしの中には、咄嗟にそんな否定的な感情が生まれる。だってそうよ、彼はわたくしのことを見てはくれない。どんなに着飾っても、彼の一番にはなれない。

――嫌われものの悪役令嬢だもの。

「ううっ！」

「大丈夫ですか!?　診察を急ぎましょう」

アルデバランという名前を聞いて、頭がまた激しく痛んだ。わたくしは文字どおり頭を抱えてベッドへ倒れこむ。同時に、映画のコマ送りのような情報が一気に頭の中を駆け巡っていく。

侯爵令嬢ベラトリクス、第一王子のアルデバラン、不仲の婚約者。赤髪の縦ロール、吊り上がった紅色の瞳。乙女ゲーム、悪役令嬢、そして、断罪――

「……ダメだわ、限界。寝ます」

「お、お嬢様!?」

頭のぐるぐるが限界を突破したわたくしは強烈な目眩(めまい)に襲われ、それだけ言い残すとまた瞼を閉じた。

わたくしが前世でプレイしていた乙女ゲームは『星の指輪　～煌めきウェディング2～』というもので、『2』というだけあって、シリーズものの第二弾だった。

にこにこ笑顔の保育園の先生に憧れて保育士になったものの、実務のハードさに驚きながら、でもやっぱり子どもたちに癒やされながら勤務していた。その息抜きにやっていたことをぼんやりと思い出す。

シリーズものであることを知らずに『2』から始めてしまい、本編である『1』はチラリと攻略サイトを覗いただけで、プレイはしなかった。続編とはいえ、その世界は二十年ほど経過したものでほぼ違うものであるようだったし、姉妹で婚約者を奪い合うという本編の設定が自分的にあまりしっくりこなかったのもある。

『2』のストーリーは、ヒロインが市井で暮らして十年ほど経ったところから始まる。

このヒロインは、実は貴族の落とし胤だった。我が子の存在に気づいた伯爵が孤児院へ迎えにいき、彼女は一躍貴族令嬢となるのだ。

このヒロインがとにかく可愛い。輝く金髪に、桃色の大きな瞳、縁取るまつ毛もきらきらと長くてお人形さんのよう。

そして伯爵家で数年間過ごしたあとは、王都にある学園へ入学する。学園ものだ。

伯爵家の養子であり兄となる伯爵令息、学園で出会う王子や騎士、商人の息子や教師など多種多様の攻略対象者たちと恋愛に発展していく。その攻略対象者のひとりである第一王子の婚約者として、ヒロインを陰でいじめて暗躍するのがいわゆる悪役令嬢、わたくしということになる。

この悪役令嬢という存在が曲者だ。

悪役令嬢ベラトリクスは、ヒロインと第一王子との恋路を邪魔するばかりか、彼女と他の攻略対象者との仲もさまざまに妨害する。その障壁で、ますます彼らの恋が熱く燃え上がるという寸法だ。

体のいいライバル令嬢、当て馬、妨害キャラ、悪役。忙しいことこの上ない。

『貧しい出自の娘が浅ましい』とか『母親に似て男をたぶらかすのがお上手ね』と言ってはヒロインを罵る。それだけではなく、持ちものを隠したり他の令嬢に命じて嫌がらせをしたりと、その悪役っぷりは枚挙にいとまがない。

そうしてヒロインに陰湿な嫌がらせをし続けた悪役令嬢は、ゲームのエンディングでもある学園の卒業パーティーの際にその悪事を暴かれ、婚約破棄を言い渡され、断罪され、国外追放される……というのが一連の流れなのだ。

すべてを思い出したわたくしは、どこか他人事のように思いながらゆっくりと瞼を開けた。

「ベラトリクス！　ああ、こんなにやつれて……」

「ベラちゃん、ベラちゃあん！」

目が覚めたとき、最初に飛びこんできたのは両親の顔だった。ベラトリクスを溺愛する父母が眉尻を下げてベッドのそばでわたくしの手を握っていた。お母様にいたっては、ボロボロと流れる涙で美しい顔が覆われてしまっている。

二度も意識を失って倒れたのだ。心配するのも無理はない。

悪役令嬢ベラトリクスは癇癪持ちで高慢で、どうしようもなくワガママで自分勝手だけど——両親からはとても愛されている。こうして心配してくれるのが何よりの証拠だ。

この溺愛がベラトリクスをさらに歪ませてしまったような気もしなくはないけれど、親が子どもを大切に思う気持ちはわたくしもよく知っている。前世でも未婚だったけれども。

「三日も眠っていたんだよ。ウィリアム、医者を呼んできてくれ」

「かしこまりました。旦那様」

お父様の指示でウィリアムが急いで部屋を出ていくのが見えた。

「ああ、よかったわベラちゃんっ！」

ゆっくりと半身を起こそうとすると、迫力のある美人のお母様からガバリと抱きすくめられ、部屋には温かな空気が流れる。

この世界は乙女ゲームで、わたくしは断罪される悪役令嬢なのね。

周囲が喜びに湧く中、わたくしは完全に思い出した事実にしばし固まってしまい、再び両親を心配させたのだった。


「お、お召しものを、お取り替えに参りました……」

前世の記憶が戻って一週間が経った。

けれどわたくしは変わらず自室のベッドでほとんどを過ごしていた。頭を強く打ったということもあるし、やはり再度気を失ってしまったことがお父様たちの過保護に拍車をかけてしまったらしい。

そして、目の前にいるメイドは、やけに青ざめた顔で萎縮している。このメイドだけでなく、ほとんどの使用人がわたくしに対して同じような態度であることに気が付いた。

腫れものに触るような、危険人物のような扱いをされているのだ。

「ねえ、別に――」

「はっ、はいぃ！　申し訳ございませんっ！」

怖がらなくても、と言おうとしたが、彼女はそれを遮り勢いよくブオンと腰を折って謝罪する。

かなりワガママなベラトリクスは、メイドたちにきつく当たっていた気がする。

咎められ、解雇されることを恐れたメイドたちは、どうしてもそのようになってしまうらしい。メイドとして働く彼女たちは、主人の機嫌を損ねて紹介状もなしに解雇されてしまえば、再就職はなかなか難しい。弱い立場の人たちなのだ。

――それなのに、ベラトリクスは自分の機嫌だけで一体何人の職を奪ったのかしら。

頭を下げたままプルプルと小刻みに震えるお仕着せのスカートが目に入り、わたくしは小さくため息をついた。

「……わたくしの今までの態度が悪かったわ。ごめんなさい、顔を上げてちょうだい？」

「お、お嬢様……？」

「あなたの名前を教えてくださらない？　そのワンピース、とても綺麗な色ね。あなたの見立てなの？　すごいわ、着るのがすごく楽しみ」

「へ……、あ、はいっ、私はグレーテと申します」

「そう、グレーテ。これからよろしくね」

　ゲームでの悪役令嬢・ベラトリクスは高慢で傍若無人。さらにツンデレを拗らせていて、婚約者に対してものすごく悪い印象しか与えていなかった。きっと以前までのわたくしも同じ道をたどっていただろう。

　現に使用人の名前を覚えることもしなかったせいで、ウィリアム以外の使用人の名前がさっぱりわからない。名前を聞いただけで驚かれるほどには、ベラトリクスの性格については使用人にも知れ渡っているようだ。

　そのときのグレーテの呆気にとられた表情を、わたくしは一生忘れないだろう。


　数日後、ようやく侍医の許可を得たわたくしは、庭を散策していた。たんこぶもすっかり引っこみ、頭痛もよくなった。

「それにしても……アナベルなんてキャラいたかしら。モブにしては存在感ありすぎよね……」

「お嬢様、どうしましたか？」

　ぶつぶつと考察しながらあてもなく歩き回るわたくしの後ろには、従者のウィリアムが控えている。

「いえ、ちょっと考えごとをしていたの」

そういえばひとりではなかったのだった。ポソリとつぶやいた言葉を彼に聞かれていたらしい。わたくしは、彼のほうを振り返って笑顔でごまかす。

「そうでしたか。またお加減が悪くなったらすぐに教えてくださいね」

ウィリアムは胸元に右手を当て、柔らかに微笑む。とても優しい眼差しだ。

そういえばこの人だけは、メイドたちのようにわたくしの行動に取り乱したりせず、一貫して同じような態度だなあと心の片隅で思う。

あの悪役令嬢モードだったわたくしに、いつも真摯に向き合ってくれていたのだ。

ベラトリクスはゲームの中で、可愛い可愛いヒロインを大胆にいじめたり、まあなんというか、きちんと悪役令嬢としての役割を果たしていた。

彼女が障壁となって立ち塞がったからこそプレイヤーとしては完全攻略に力が入ったし、ストーリーとしても恋路を盛り上げるライバルは必須だ。なくてはならない役どころだとは理解しているが、実際に自分がその立場になったとしたら、たまったものではない。

元のままだったらそのとおりの展開になっていた可能性は百パーセントを超えていただろうが、今のわたくしはやれといわれてもやりません、そんなこと。

ふう、と一度ため息をついたあとに、わたくしはまた思考を戻す。

ベラトリクスがずっと目の敵にしていた公爵令嬢のアナベル。わたくしが昏倒する原因となった可憐な少女だ。前世の記憶がすべて正しいとは限らないが、あんなキャラはゲームで見たことがない。

ヒロインの名前はスピカ・クルトだったはずだ。

まだゲームのオープニングにも達していないとはいえ、現時点ではアナベルが第一王子に最も近い存在だと思える。隠しルートだろうか。

「お嬢様、少し風が出てきましたので」

黙って付き従っていたウィリアムが、わたくしの肩にそっとショールをかけてくれる。

「ありがとう、ウィリアム」

「！　いえ、とんでもありません」

お礼を言うだけで、少しびっくりした顔をされるのは心外だけれど、彼をそんなふうにしたのはこの屋敷で過ごしてきた十一年間のベラトリクスなのだ。

せっせとお茶会の予定を入れて令嬢たちに侯爵家の財力を見せつけたり、新しいドレスや宝飾品の新調に心血を注いで、やっぱり侯爵家の財力を見せつけたり……もうとにかく、そんなわたくしが今はこうして浪費もせずにのんびりと過ごしている。それが侯爵家の皆にとって新鮮な驚きとなっていることは、肌で感じている。

——わたくしは考えたのだ。

悪役令嬢が迎える破滅の未来を変えるために、どうしたらいいか。心を入れ替えて過ごすのはもちろんだが、最大のネックは第一王子との婚約だ。

王家から無理強いされたわけでもなく、ベラトリクス本人の強い意向があってこの婚約は成立している。ツンデレのお姫様は、第一王子アルデバランが心から大好きなのだ。ベラトリクスになってしまった今ならわかる。

王妃の座につくことが目的の女狐として、プレイヤーに誤解される見事なツンっぷりではあるが。

「しっかり書面を取り交わして正式に成立してしまっている以上、王家に対してこちらから婚約解消を申し出ることは不可能だわ。だとしたら……」

あちらから解消してもらうしかない。平和に穏やかに。

社交界から離れて引きこもって暮らせば、そんなわたくしに見切りをつけて、向こうから婚約解消を申し出てくれるのではないだろうか。

何もしなければ――婚約者とヒロインとの仲を引き裂こうという画策をしなければ、追放や没落なんて事態にならないのでは。

「ねえウィリアム。わたくし、家が好きだわ。これからもお家でのんびり過ごしたいの」

「……！　では、家で過ごすための楽しいことをたくさん考えましょう。ああでも、お勉強も忘れてはいけませんよ」

優しいウィリアムは、やはりベラトリクスの意見を尊重してくれる。

わたくしのせいで、侯爵家や使用人たちが路頭に迷うことがあってはいけないもの。婚約解消を目指すのは間違っていないはず。どうせアルデバラン殿下には、とことん嫌われているのだし。

……嫌われている。そう思うと、心の奥がチリチリと鈍く痛んだ。

だが、ここで身を引かなければ。ベラトリクスの淡い初恋が終わるのだからどこか切ないのだ。

「ええ。わたくし、全力で引きこもるわ！」

握り拳(こぶし)を作ったわたくしは、ウィリアムに宣言する。

「元気いっぱいですね」

「そうよ、元気に引きこもるの」

こうしてわたくしこと悪役令嬢のベラトリクスは、引きこもり令嬢となるべく楽しいおこもり生活をスタートしたのだった。

第二章　悪役令嬢は改める

引きこもり宣言をしてから三日後、わたくしは再び庭園にいた。

「よし、やるわよウィル！」

借りてきた紺色のお仕着せの袖をグイッと捲り上げて、気合十分だ。

「はい、わかりました」

花壇の前で仁王立ちするわたくしに、ウィルこと従者のウィリアムは呆れたように笑って相槌を打った。

ベラトリクスの長い真紅の髪はひとまとめに結い上げ、ポニーテールにしている。

以前は毎日何時間もかけてくるくると丹念に縦ロールを仕こんだり、お化粧したりと着飾ることに余念がなかったわたくしだが、それらはすべてやめた。

元々がぴちぴちお肌の十代だし、自分で言うのもなんだがベラトリクスは美人だ。そのままの素材を大切にしたい。それにこれからずっと家で過ごすだけなら、何も気負うことはない。

庭いじりをするならジャージにスニーカーという格好を本当はしたかったが、当然ながらそんなものはこの世界に存在していなかった。

「どうされましたか？」

「……なんでもないわ」

わたくしが恨めしげにウィルのほうを見ていたから、その視線の意味することはすっかりバレてしまっていた。

ジャージがないならせめてウィルのようなズボンが穿きたいと言ったが、騒ぎを聞きつけたお母様にやめてほしいと懇願されてしまったのだ。

『ベラちゃん……？』と涙ながらに見つめられてしまっては、断念せざるを得ない……今回は。

ベラトリクスの急激な変化についていけないようなので、彼女を卒倒させない程度にじわりじわりとズボンを浸透させていこう。まずはスカートのようなキュロットを用意しなければ。

そう決意をしつつ、わたくしは眼前の花壇に目を向けた。

「ひどいわねぇ。まあ、わたくしがやったのだけれど」

目の前の花壇は、他の花壇と違って穴だらけで土が剥き出しになっている。枯れ草もところどころに落ちていた。

ここは、倒れる前のわたくしが花の色が気に入らないとワガママを言って、綺麗な桃色の花を含んだ一帯を目の前で刈り取らせた場所。咲き誇る桃色がアナベル嬢を連想させて、気に食わなかったらしい。

以前からそうだったのか、とにかくアナベル嬢に関連する何もかもが許せなくて侯爵家には桃色のものは徹底して置かれていない。可愛いのに、もったいないことだ。

荒れたまま未だ手つかずになっているその花壇は、とても寂しく見える。

「……しかしお嬢様。やはりこの作業は、庭師がやったほうがいいのではないですか？　お手が荒れてしまいますし」

しゃがみこんで土に触れようとしたところで、ウィルから声がかかる。

「でも、わたくしのせいでこうなったのよ？　反省しているの。どうしてもやりたいわ」

貴族令嬢が土いじりをしないことは知っている。ズボンの案件のあと、その話を聞いたお母様が結局卒倒しかかったことも。

それでもわたくしは、やりたいのだ。庭師の仕事を台なしにしたことも、花の命を無駄にしたことも、やってしまった過去は変えられないけれど、せめて何かをしたい。

「ねえウィル、どうしてもダメ……？」

懇願すると、ウィルの眉がへにゃりと下がる。

「ぐっ……仕方ありませんね。危険なことは私が代わりますので。それにここは彼らの領分ですから、庭師のカールに教えを乞いましょう」

「ええ！　ありがとう」

わたくしが謝意を伝えると、ウィルはため息をつきながらも仕方がないという表情で微笑んでくれた。

「では、カールを呼んできますので、お嬢様はここでお待ちください」

「ええ、お願いね」

――ウィルって、とってもいい人よね。

相も変わらずワガママ令嬢に付き合ってくれる従者の背中を横目で見つつ、わたくしは他人事のように感心してしまった。

現在わたくしは十一歳で、ウィルは見た目からすると二十代後半といったところだろうか。よくわからないので完全に勘である。

随分前から我が家にいるようなので、おそらくかなり早い時期から侯爵家で働いていたのだろう。少なくとも、ベラトリクスの物心がつくころにはそばにいた記憶がある。

以前のわたくしはそんな彼に対しても他の使用人と同様に名前で呼ばず、「ねえ」とか「そこの執事」とか言っていたようだから、もう困ったものだ。

『ウィリアム、あの……あなたのこと、ウィルって呼んでもいいかしら。嫌ならやめるわ』

一昨日のことだ。他の使用人たちがウィリアムをそう呼んでいることを知ったわたくしは、少し緊張しながらも提案してみた。

これからおこもり生活を送るにあたって、まずは最も近しい人物であるウィルと信頼関係を築ければと思ってのことだったが、これまでの振る舞いを考えればかなり突飛な提案である。

『はい、もちろんです』

案の定驚いた顔をされたが、それはすぐに笑顔に変わる。それに嫌だとは言われなかった。立場的に断りにくいとわかっていながらのずるい提案だったけれど、それでもまっすぐに受け入れてくれたことはうれしい。

――ここ数日、ウィルとともに過ごして気づいたことがある。

彼はおねだりに弱い。仕事中は一見するとなんでもピシリと断りそうな堅い表情をしているかと思えば、お願いすると意外と融通をきかせてくれていろいろなことに挑戦させてくれるのだ。

　このお仕着せの手配も彼だし、その他諸々わたくしのおこもり生活を支えるための本や画材などもすでに注文してくれている。

　元のベラトリクスが無理難題のおねだり攻撃をしたことで、耐性がついたに違いない。

　そのことに一抹の申し訳なさを感じつつ、わたくしは土を見つめるのをやめて、ウィルが去っていった方向を見た。

　ちょうどウィルが、恰幅のいい壮年の男性を引き連れて戻ってきているところだった。

　ひどいことに、使用人への関心が薄すぎるベラトリクスの記憶にはまったく残っていない。けれど、あの方がウィルの言う『庭師のカール』さんで間違いないだろう。

「お嬢様。カールをお連れしました。カールさん、先ほどお話ししたとおり、ベラトリクス様がこの花壇の作業を手伝いたいそうなので、ご教授願います」

　ウィルとカールさんが近くに来たことで、しゃがみこんでいたわたくしは立ち上がってスカートの裾を軽くはたく。それから、懐疑的な視線をわたくしに向けるカールさんに対して頭を下げた。

「カールさん、よろしくお願いしますわ。この場所……あなた方が丹念にお世話をしてくださったのに、それを台なしにして申し訳ありません」

　まずは、心からの謝罪を。

　あんなに綺麗な花が咲いていたのだ。花壇だっていつも整然として美しかった。それを一時の癇瘢で破壊してしまった。それは庭師の尊厳を踏みにじる行為だ。

「あ……えと、お、お嬢様、頭を上げてください。ワシこそ、お嬢様のお嫌いな花を用意しちまって、申し訳ねえと思っていたんです」

頭を上げたわたくしは、その言葉に目を丸くしてしまった。当のカールさんは本当に申し訳なさそうに眉を下げている。

ベラトリクスは些細な理由で花壇をめちゃくちゃにした。それなのに、どうしてカールさんが謝っているのだろう。呆然としていると、カールさんはポリポリと鼻の頭を掻く。

「……言い訳になっちまうんですが、ここに綺麗な赤い花が咲く予定だったんです。ほら、お嬢様は赤がよく似合いますから。初めて持ちこんだ品種だったもんで、蕾の色が淡いのも気になっていたのにまずは咲かせてみようと欲が出ちまって。……ワシの目利きも落ちたものだと思って、引退を決意したところで――」

「引退!? だめよ、そんなこと」

カールさんの口から飛び出す思いがけない言葉に驚いて、わたくしは遮ってしまう。

「しかし、主人の意に添えないようじゃあ、庭師としてはとても」

「絶対にだめ！ あなたの引退は許可しないわ！ わたくしが許さないんだから！」

「へ、へえ」

思わず熱くなってしまったところで、カールさんは気圧されたのか肯定ととれる返事をしてくれた。あの桃色の花は結果的にそうなってしまっただけで、本当はわたくしのためのものだったのだ。

前のわたくしのままだったらそれを知る機会は、きっとなかったように思う。

ベラトリクスは顔も名前も知らない庭師の考えや事情など気に留めなかっただろうし、その人が辞職しても何も思わなかっただろう。ワガママで癇癪持ちのベラトリクスを、それでもこうして皆が支えようとしてくれているとは気がつかないままだったはずだ。

わたくしは唇をギュッと噛んだあと、「カールさん」と熊のような庭師の名を呼んだ。

「わたくし、もう一度この花壇を花でいっぱいにしたいの。何色の花だってかまわない。それで、わたくし自身が育ててみたいのだけれど、いいかしら」

カールさんはやはり驚いた顔をして、わたくしと隣にいるウィルを見比べる。

「ウィルから聞いてはおりましたが、本当にお嬢様がやるんですか？」

「ええ、そうよ！」

その問いかけに、わたくしは腕まくりをしながら気合を込めて返事をする。

「……そうですか。ではいくつか、苗をお持ちします。まずは育てやすいヤツを見繕ってきます」

最初は戸惑っていた庭師のカールさんも、豊かな顎ひげを揺らしながら笑みを見せて承諾してくれた。

そのままいそいそと作業場へ向かう彼の後ろ姿を見たわたくしは、うれしくなってウィルのほうを振り返る。

「ウィル！　許可をもらえたわ」

「ええ。よかったですね、お嬢様」

「カールさんが辞めると言ったときにはびっくりしたわ、本当に」

「そうですね、私も驚きました。カールさんは昔から立派な庭園を作ってくださっていたので……お嬢様が引き留めてくださってよかったです」

ウィルに安堵したように微笑まれて、わたくしも安心した気持ちで笑顔を返す。自らの過去の行動が誰かを巻きこんでしまう前に、止めることが出来てよかった。

カールさんが花の苗や道具一式を持って戻ってきてから、わたくしは一心不乱に作業をする。チラリと目をやれば、隣でウィルが腕まくりをして花の苗を植えていた。黒の執事服はわたくしのお仕着せと同じく土まみれだ。

ここまで付き合ってくれることに申し訳なさすらありながら、素直にありがたいと感じる。ひとりでやるよりもずっと楽しい。

時折「もう少し間隔を開けましょう」やら「まっすぐ揃えるならあと二センチ右です」などなど的確な指示も飛んでくる。ちょっと細かすぎる気もするけれど。

カールさんはウィルに任せたら大丈夫だと判断したのか、苗や道具を揃えてひととおり説明すると自らの作業に戻っていった。有能すぎる執事である。

しばらくはこうしてお庭の手入れをして過ごすのもいいかもしれない。

完成した花壇を前に、わたくしはホクホクとした充足感に包まれる。断罪回避の引きこもり計画に、ひとつ楽しみが増えた。

庭いじりから数日後、家族でのんびりと朝食を囲んでいたときに爆弾は落とされた。

「さあベラ、今日は久しぶりにお父様と一緒にお城に行こうね」

「お城、ですか……？」

突然の申し出に、わたくしは壊れかけのおもちゃのようにギギギと鈍く首を動かす。

「そうだよ。前は毎日のように一緒に行っていただろう？　このところ庭をよく散歩しているようだし、体調もよくなったのだから、そろそろいいかと思ってね」

反して、お父様はニコニコ笑顔だ。心からそう言っているのだろう。

そうだわ。そういえばわたくし、以前はほとんど毎日のように城に行っていたんだった……！

城の要職につくお父様が仕事に出かける際にくっついて登城し、婚約者の殿下を捜し回るのが定番コースだった。会えない日もあったけれど、それでもベラトリクスは大好きな婚約者を一目見たくて、押しかけていた。

もちろん王妃教育の一環で登城が必要な日もあったけれど、一番の目的は殿下だったのだ。

「……いえ、殿下もお忙しいでしょうし、しばらくお城に行くのはやめます」

もうそのときとは状況が違う。お城なんて危険な場所に近づくわけにはいかない。

わたくしは血の気の引いた顔で拒否した。

「では、ベラちゃん。お母様と一緒にお茶会に出かけましょう？　ドレスは新しいものを作って、ああそうだわ、お祝いに宝石商を呼んでもいいわね」

わたくしの表情が曇ったことを察したお母様がそう誘ってくれる。しかし、わたくしはそれにも首を横に振った。

お茶会も散財もまったくもって興味がない。

お茶会に行けば腫れものに触れるような扱いで、同年代の令嬢たちには避けられるか媚びられるかのどちらかだ。嘘か本当かわからない噂話に心をかき乱されるのも嫌だし、この前のお茶会でのことも噂になっているかもしれない。

それよりは、自分の作った庭を眺めるほうがずっと楽しい。

「……わたくし、お茶会にも行きたくありません。出来たらこれからも、殿下には会わずに家でゆっくり過ごしたいのですが、ダメでしょうか？」

ワガママを言っている自覚はある。

貴族にとって社交はとても大切なものだ。王家との婚約も。

城に行かず、茶会にも出ないとなれば、またそれはそれでベラトリクスに関する噂が背びれも尾ひれもついて出回るだろう。ロットナー侯爵家の評判を落としてしまう。わたくしの振る舞いのせいですでに落ちている可能性には今は触れない。

とにかく以前のわたくしとは違う。バッドエンドを回避したい。切実に。

「ベラがこんなに嫌がるなんて……あの日、よっぽどひどいことを言われたに違いない。まったく、うちのベラに……！」

わたくしの懇願を目の当たりにしたお父様は、沈痛な面持ちでそう憤慨している。

あのお茶会を機に人が変わったようになってしまい、両親はあの日よっぽどのことがあったと思っているようだ。

「あなた、殿下との婚約は取り消せないの？　ベラちゃんがかわいそうだわ。バートリッジ公爵令嬢との噂はわたくしの耳にも入っていてよ。これまで従妹だからと口を出しませんでしたが、あんまりです……！」

席を立ったお母様が、わたくしのところに来てギュウと頭を包みこんでくれる。

ベラトリクスはこれまであのふたりの関係性にとても憤慨していた。その気持ちをこうして理解してくれる人がいる。その事実に、自分のことながらわたくしは目頭が熱くなる。

「そうしたいところだが……王家との婚約であるうえに、こちらから言い出したとあって、侯爵家側から断るのは難しいのだ。すまない、ヴェネット」

「まあ……なんてことなの……！」

この世の終わりのような表情で過保護な応酬をする両親の会話を聞きながら思う。

ゲーム世界のベラトリクスは、とても両親に可愛がられていたのだろう。これだけ甘やかされて尊重されていたら、元々のワガママ気質が増長して唯我独尊状態になってしまうのもわかる気がする。

――やっぱり、何もなしに婚約破棄に持ちこむのはなかなかハードルが高そうね。

どうしたらいいかと真剣に話し合っている両親を尻目に、わたくしはそう考察する。

聞きかじった程度の知識だけれど、現在、シュテンメル王国の内政はとても落ち着いている。王家と貴族で派閥が対立していることもなさそうだし、王家もわが侯爵家も、特別に縁を結ぶ必要性はない。

今の会話を聞いていたら、両親に『この家から絶対に王妃を輩出する』という野望があるわけでもなさそうだ。だからこそ選定されたのかもしれない。

身分や家柄が釣り合い、同年代であり、そしてベラトリクス本人が強く望んだから――この婚約に関する条件はこのあたりだろうか。あとで調べておく必要がある。

こちらから王家との婚約を解消することは難しい。となるとやはり、以前の読みどおり向こうから穏便に、平和に、円滑に解消を申し出てくれるのを待たなければならないようだ。

「陛下には折を見て相談してみるが……ベラトリクスは本当にそれでいいのかい？」

そう言って眉尻を下げるお父様は、わたくしが殿下を慕っていたことを知っている。その隣で心配そうにしているお母様も同じだ。

「……はい。わたくし、すっかり自信がなくなってしまいました」

へにゃりと微笑めば、ふたりはハッとした顔で息を呑んだ。

元々、第一王子との間に婚約者らしいこと……たとえば贈りものをもらったり、エスコートをしてもらったりはほとんどなかったし、わたくしが無理やり押しかけてお茶会をしていた程度の関係だ。こちらからの接触を絶ってしまえば、問題はないように思う。

これまで一度も微笑みかけてくれない婚約者。きっと彼にはもう嫌われている。

どうせ最後はそうなる運命なのだ。早めにベラトリクスの呪縛(じゅばく)から自由になれたら、それは彼のためにもなるだろう。どんなときも無愛想ながら、対応はしてくれていた彼に対して逆に申し訳なさすらある。

食事のあとにも何やら真剣な面持ちで話し合った両親は、わたくしに外出を無理強いしないことに決めた。婚約についても考え直してくれるらしい。

こうして、わたくしはあの日の事故を境に病床に伏す深窓の令嬢となり、婚約者のアルデバラン殿下をはじめとした貴族の面々にしばらく会わないで済むことになった。


騒然とした朝食のあと、わたくしは部屋に戻って腕組みをしていた。

「乙女ゲームの開始は、ヒロインが学園に入学してからだったわよね」

机の上には、簡単に書き記した今後の展開についてのメモがある。

めくるめく恋愛劇の舞台となる学園には、十三歳の年に入学する。ひとつ年下のヒロインが入学する場面がゲームのスタート。わたくしは彼女より一年早く学園生活に入ることになる。

「断罪は回避したいわ。絶対に」

ゲームのエンディングを書き記した部分を指でとんとんと叩いた。

自分のことだけならまだいいが、きっとその咎はこのロットナー侯爵家全体に及ぶだろう。下手したら、この侯爵家ごと没落するかもしれない。

溺愛が過ぎる両親に、有能すぎる使用人たち。わたくしの振る舞いのせいで、まとめて不幸にしてしまう未来なんてあってはならない。

「フラグは全部無視しておきたいところね。この家の人たちに対してもそうだけど、すでにもうやらかしているから、なんとかしないと」

これまでの傍若無人な振る舞いは、きっと婚約者であるアルデバラン殿下の耳にも入っていると思う。

家でのことは多少オブラートに包まれているにしても、茶会などで目にすれば一目瞭然だ。取り巻きを付き従え、我がもの顔で闊歩していた。非常に頭が痛いが、すでに悪い印象を与えているはずだ。

――でも、まだ軌道修正は出来るはず。シナリオに未知の部分もあるもの。

頭を抱えていたわたくしだが、なんとかそう思い直す。

実際にわたくしが前世でゲームをしたときは、ヒロインが入学してからの一年間、その期間しか描かれていない。そのため、悪役令嬢のことは性格が悪いけど婚約者を取られまいと必死に頑張る女の子くらいの印象しかもっていなかった。

それでもエンドロールではしっかり婚約破棄されて断罪されていた。つまり、周囲の人にとってはこれまで積み重なった不満が爆発するのが、あの学園でのイベントなのだろう。

逆にいえば、ここでこれまでのヘイト貯金を清算して人生をやり直せば、なんとかなるのではないだろうか。

今は十一歳の秋。入学までの二年間と、学園生活の二年……特に前半の一年間が、人生を左右する重要な期間だ。

これから三年は大人しくして、入学イベントのあとはヒロインに近づかないようにする。これだ。

「――お嬢様、少しよろしいでしょうか」

よし、と決意を新たにしたところで、部屋の扉がノックされた。聞き慣れた侍女の声がする。

「え、ええ！　大丈夫よ」

驚いて肩を揺らしてしまったが、わたくしは慌てて返事をした。考察のために書き起こしたメモは、誰の目にも触れないようにきっちりと引き出しにしまっておく。

「お休みのところ失礼いたします。ご注文の品が届きましたので、お持ちしました」

柔らかな笑みを浮かべる侍女のエリノアが、ワゴンを押しながら入ってきてペコリと頭を下げる。

彼女のその手元を見て、わたくしは思わず顔をしかめてしまう。

「……痕が残ってしまったわね。せっかくの綺麗な手なのに」

彼女の白い肌には、痛々しい桃色の創傷がいくつも刻まれている。

エリノアはあの転倒のとき、わたくしを庇って割れた花瓶の破片の上に飛びこんでくれた。お陰でわたくしは頭を打っただけで済んだが、直接破片の上にのってしまった彼女はそうはいかなかった。顔や手など、服から露出していた部分に傷を負ってしまったのだ。

今は髪で隠れているが、額にも傷が残ってしまったとは侍医から聞いていた。わたくしが無傷である代償は、すべて彼女に負わせてしまっている。

「いいえ、お嬢様。私は大丈夫です。お嬢様が無傷で本当にうれしいです」

痛々しい傷痕をじっと見つめていると、エリノアは柔らかく微笑んだ。

思えばエリノアは、以前のわたくしがとんでもない振る舞いをしてもいつも笑顔を向けてくれた。

ドレスが気に入らないと何度も何度も衣装合わせをするときも付き合ってくれていたし、髪型や化粧が不服だと当たり散らした日もあった。紅茶が熱い、ぬるい、冷たい、菓子がまずい、嫌い、下げろ……そんな態度は日常茶飯事で、わたくしは名前さえ覚えていなかったというのに。

彼女はわたくしが意識を失っている間に、『お嬢様を守れなかった』ことを理由にお父様に辞意を告げていたらしく、目を覚ましたあとに包帯を巻いた手で挨拶に来た彼女を、わたくしは慌てて引き留めた。

『悪いのはわたくしだから、どうか辞めるなんて言わないで！』

『お、お嬢様……⁉　どうかお顔を上げてください』

ベッドの上で土下座するわたくしに、おろおろするエリノア。

『辞めないって言ってくれるまで謝るわ！　お父様にもわたくしが謝ります！』

『そんな、お嬢様』

『……えっと、どういう状況でしょうか……？』

そのとき部屋に入ってきたウィルはとても困惑していた。

――結局わたくしに気圧されたエリノアは、辞めずに今もこうして侍女を続けてくれている。

「エリノア……。わたくし、絶対にいいお薬を見つけてくるわ」

「ありがとうございます。でも、お嬢様がそうおっしゃってくださるだけで、エリノアはうれしゅうございます」

彼女の手に触れると、少し冷たかった。毎日懸命に働いてくれている彼女に、わたくしも何か報いることが出来ればと、ずっと考えている。

「いいえ！　わたくしはワガママだから、このワガママは絶対に譲れないの。だから、待っててね？」

彼女の手を優しく包みこむと、初めは驚いたエリノアも、また柔らかく微笑んでくれた。

◆　閑話　王子の事情　◆

同じころ、第一王子のアルデバランは、城で日課の政務に勤しんでいた。世間的にはまだ子どもの年齢ではあるが、ゆくゆくは一国を担う責務がある。そう思うと、政務の手伝いや勉強も気を抜けない。

「殿下、ロットナー侯爵が登城されたようです」

集中していたアルデバランだったが、いつの間にか入室していた側仕えのオスヴィンにそう声をかけられ、書類を書いていた手を止めた。ノックの音にも気がつかないほど集中していたらしい。

侯爵が来城したということは、その娘であるベラトリクスも来たのだろう。容易に想像がついたアルデバランは、思わずため息を漏らした。

「……そうか。わかった」

つまりは、これから彼女の突撃に応対しなければならない。

「ですが、その」

アルデバランがそう思って筆を置いたところ、オスヴィンはぎょろぎょろとした茶色の目を忙(せわ)しなく動かしながら言葉を濁した。よく見ると以前より少し目元が窪んでいて顔色も悪いようだ。

アルデバランはそんな側仕えの様子を不思議に思いつつ、彼の動揺の理由を聞く。

「オスヴィン、どうした？」

「どうやら、令嬢は一緒ではないようです。侯爵の話によれば、病のために家で静養しているようで……今後もしばらくは来ないとのことでした。これで少し落ち着きますね」

「……そうか」

どこかうれしそうに告げるオスヴィンに、アルデバランは短く返事をした。

オスヴィンがそうした態度を取るのは、アルデバランが彼女の訪問に辟易(へきえき)していたことを知っていたからだろう。

たしかにベラトリクスは昔から父であるロットナー侯爵とともに頻繁に登城しては、アルデバランの執務室に来て一緒にお茶をとせがむ。そのため勉強や執務の手を止める必要があり、それらをうっとうしく思ったことがあるのも事実。

だが。

『ベラトリクス嬢も悪いところばかりではないのよ。王妃教育は一生懸命やっているし、あれで日ごろの態度がよくなれば、とてもいいと思うのよ』

以前、そう言って穏やかに微笑んだのは母である王妃だ。

母は辺境の伯爵家出身の、ほんわかとした女性だ。彼女もかつては王子の婚約者だったから、何か相通ずるものがあるのかもしれない。

『私たちのときは、それはもうまわりが大変でねえ～。今は落ち着いていて、とてもいいわ』

どこか遠くを見ながら懐かしそうに語る母に、アルデバランは『そうですか』と相槌を打つに留めた。

今から二十数年前、母が父の婚約者となったころのシュテンメル王国は大いに荒れていた。

当時の第一王子と第二王子――現国王である父と叔父のバートリッジ公爵――を、ふたりの意思とは関係なく担ぎ上げ、争わせる勢力があったとアルデバランも聞き及んでいる。

黒幕の目的は、第一王子派と第二王子派の双方を煽ったうえで争わせることにあった。

どちらが勝利しようとも、その責任を負わせて王子たちを廃嫡にし、妹姫の王配に息子をあてて国の実質的な権力を奪う算段だったらしい。大胆な国盗りである。

それを企てたのが当時の宰相で、その思惑が露見した結果、貴族の大規模な粛正が行われた。

当然、第一王子の婚約者も選定し直しとなり、そこで白羽の矢が立ったのが、当初から中立を貫いていた辺境伯の令嬢――アルデバランの母だった。

『ねえアラン。あなたは生まれながらに王太子となることが約束されているわ。とても重いけれど、あなたならばきっと出来るわ。でも、気負いすぎないでね』

辺境でのびのびと暮らしていた王妃はとてもおおらかで優しい。

そしてその母の雰囲気と、従妹のアナベルはよく似ていた。多少お転婆だが、彼女は自由だ。そんなアナベルの自由さを眺めることがアルデバランは好きだった。

もちろんそこにあるのは親愛の気持ちだけだが……婚約者であるベラトリクスにはそうは思われていないとは人づてに聞いていた。

それでも、アルデバランなりに彼女を尊重しているつもりだ。政略結婚ではあるだろうが、両親のように穏やかな関係を築けたらいい。

突撃があれば少しの時間でも対応したし、彼女の誕生日や茶会の前には贈りものをした。

髪飾りに、ブローチに、ペンダント。アルデバランなりによいものを選んでいるつもりだが、それを彼女が身につけたことは一度もない。だから彼女が来るたびに、贈りものを気に入ってくれなかったことに落胆し、つい素っ気ない態度を取ってしまうのだ。

それなのにベラトリクスは嫉妬だけはする。女心などまるでわからないと生真面目なアルデバランはすっかり匙を投げてしまっていた。

——まったく、女心とはどの勉強よりも難しいものだ。

これまでを思い返しながら、アルデバランはそう心の中でつぶやく。

そして、大切なことに気がついた。最初にお見舞いの花を手配してから、彼女に何もしていなかった。

「……病が続くのであれば、何か見舞いの品を手配したほうがいいだろうな。彼女が気に入ってくれるかどうかは別として」

「では、いつもどおり私がお届けしますね」

「ああ、頼む。この前のように花も添えたい。手配出来るか？」

「ええ、もちろんです」

先日贈った花には、珍しくお礼の手紙が来て驚いた。これまでにアルデバランが用意した贈りものにベラトリクスから反応があることは稀だったのだ。

形が残るものよりは、花や菓子といった消えもののほうが彼女にとって都合がよかったのかもしれない。

『ベラトリクス様が好いているのは王子という肩書きなのかもしれませんね』

いつだったか、オスヴィンに言われた言葉はアルデバランの心を突いた。そうなのかもしれない、と思い当たる節があり、そうなのだと確信するまで時間はかからなかった。

「ああ、殿下。そういえば、とても大きなルビーの仕入れがあったようですよ。知り合いがそう言っていました」

オスヴィンがぽんと手を叩く。

ルビーの色は赤。赤といえば、あの苛烈な婚約者がたたえる色である。それならば身につけてもらえるかもしれない、とまた期待してしまうのは悪い癖だ。

「……そうか、ではそれを、彼女に合うように首飾りに仕立ててくれ」

「はいっ、わかりました。早速行ってきます！」

「ああ、任せた」

嬉々として立ち去るオスヴィンの後ろ姿を一瞥したあと、すぐに書類に目を落としたアルデバランは知らない。

そのときオスヴィンの口角がクッと怪しく吊り上がったことを。

この首飾りはベラトリクスの手元に届くことはない。それに、これまでの贈りものの数々が彼女のもとに届いていないとは、幼いころから彼の近くにいた側仕えを信用しきっているアルデバランの知るところではなかった。

第三章　悪役令嬢は下町に行く

「ウィル、わたくし外に行ってみたいわ」

「外……ですか？」

おこもり生活が始まってひと月あまり。わたくしは、ふと家の外にも出たくなった。そのことをウィルに相談すると、案の定渋い顔をされる。

現在は庭で花の手入れ中で、この前植えた苗は小さな蕾をつけている。

わたくしが毎日のように庭を見にくるので、庭師のカールさんたちはわたくしのことを以前のように警戒しなくなった。今は、今度はこのあたり一帯をどんな庭園にするかという話に交ぜてもらっている。本職の人にとっては邪魔かもしれないが、とても楽しくて大満足だ。

昨日は庭の端にある大きな樹に憧れのブランコを設置してほしいとお願いしてみたら、幼子を見守るかのようにほわりとした温かな笑顔を皆に向けられた。

その日のうちに作ってくれて、すでにわたくしのおうち時間のお気に入りスポットとなった。

「わたくし、世間知らずだと思うの。これまで随分勝手なことばかりしていたけれど、自分の目で見たいものがたくさんあるのよ」

これは本音だ。ここが乙女ゲームの世界で、わたくしは悪役令嬢。だとしても、それがこの世界のすべてではない。

人々が暮らし、過ごしているこの世界を、わたくしはもっと知りたいのだ。

「……しかし、外部にはお嬢様は病床に伏していることになっております。それに、町中は安心とはいえません」

ウィルの忠告はもっともだ。

ベラトリクスは現在長期の療養中で、王妃教育すらすべて止めている状況にある。そんな中で、元気な姿を見られてしまえばこの計画はおしまいになってしまう。

「大丈夫よ、外といっても、貴族が集まる場所には行かないもの。城下には下町や孤児院があるのでしょう？ そこに行きたいわ。ウィルについてきてほしいのだけど……」

わたくしの目的はそこにある。宝石やドレスを仕立ててもらいたいわけではない。

「うーん……」

まっすぐに彼の目を見て説得を試みると、ウィルは考えこむような仕草を見せる。

お忍びで出かけるならば連れは最低限にしなければならない。だけど、女性だけで行くのも不安。かといって護衛騎士を連れ歩けば、目立ってしまうだろう。

「ウィル、とっても強いのでしょう？ ウィルがいれば安心だわ！」

最後の一押しとばかりに、わたくしは手を叩いた。

――ウィルの武勇伝は、エリノアから聞いているのよね。

なんとこの執事は、体術にも長けているのだという。この邸に雇われたての新人騎士が、美形なうえにいつも涼しい顔をしているというしょうもない理由でウィルに突っかかり、逆にコテンパンにされたらしい。それ以来その新人騎士はウィルをキラキラした目で見つめて忠犬のように慕っているのだという。

昨晩わたくしの髪を梳かしながらその話をしてくれたエリノアは、どこか誇らしげだった。

「……旦那さまの了解が得られたら、いいですよ」

ようやくウィルから答えが返ってきて、わたくしは口の端をニンマリと吊り上げた。

「お父様なら、ウィルと一緒であればいいと言っていたわ。再確認しましょう」

お父様にはすでに話を済ませてある。根回しは完璧だ。

どうやら、以前の様子とは一転して散財もせずに家に引きこもる娘のことをそれはそれは心配していたようだ。外出したがったことがよほどうれしかったらしく、うっすらと涙も浮かべていた。

「旦那さま……」

「さあ、行くわよ！」

ウィルが遠い目をしたのを尻目に、わたくしはウィルを連れてお父様のもとへ向かう。

自分で言うのもなんだけど、わたくしを溺愛する父はふたつ返事で了承した。

お父様から正式に許可をもらった翌日。

わたくしは早速、王都の下町に足を踏み入れていた。近くには市場があるらしく、通りは行き交う人々でとても賑わっている。

中央通りにある高級店に馬車で乗りつけたことしかなかったベラトリクスの記憶にはない、新鮮な景色が目の前に広がっている。

「わあぁ、ここが下町なのね、ウィル！」

「お嬢様……いえ、ベラ。少し落ち着いてください」

振り返って感嘆の声を漏らすわたくしを、ウィルは小声でそう咎めた。

クリーム色の簡素なワンピースに、長い髪はふたつの三つ編みにしてまとめている。それから眼鏡をかけて大きめの帽子を被ったわたくしは、担当したエリノアに言わせれば『商家のお嬢様』スタイルだそうだ。もちろん変装のつもりである。

これまでのベラトリクスは化粧もバシバシに決めて、派手なドレスにアクセサリーで飾り立てていた。だから、昔のわたくしを知っている人がこの姿を見ても気がつかないだろう。

「だって、ウィル。楽しいんだもの……！」

「そんなにはしゃぐと余計に目立ちます。お……ベラ、私から絶対に離れないでくださいね。フラフラと出店に吸い寄せられないこと。それから」

「わかってるわ。大丈夫」

このお忍びを成功させるにあたって、事前にウィルと打ち合わせしてきた。

彼がわたくしを『ベラ』と呼ぶのもその一環である。なんでも、兄妹（きょうだい）という設定なのだとか。

そのため、ウィルも執事服ではなく、白いシャツにトラウザーズとジャケットという普段とは違った服装だ。

わたくしは周囲をぐるりと眺め、胸が高鳴るのを感じた。このざわざわとした雑踏がとても楽しい。それに、どこからともなくいい香りもしてきた。

「何かしら……美味しそうな香りがするわ。それに、なんだかとっても賑わっているお店がある」

嗅覚を駆使したわたくしが見つけたのは、小さな食堂だった。入口の上には看板がかかっていて、扉の前には列ができている。

カランというドアベルの音とともに客が出入りするたび、美味しい匂いがする。それに店から出てくる人たちの満足そうな顔。絶対に、あの店にはとても美味しいご飯があるに違いない。

「ねえウィル、最初はあそこに行きましょう！」

そう確信したわたくしは、下町に来てまず初めに腹ごしらえをすることに決めた。

腹が減っては戦は出来ぬ、と昔からいうものね。

ドキドキしながら列に並び、ようやく順番が来た。食堂に入ると、ますます美味しい香りがぶわりと強くなる。

「いらっしゃいませ。おふたりですか？」

同じくらいの歳だろうか。可愛らしい店員がやってきて、柔らかい笑顔を見せる。

「はい。とても美味しそうな香りがしたので」

わたくしが答えるよりも早く、ウィルがすっと半歩前に出る。店員の少女はぐるりと店内を見渡したあと、どこか不安げにわたくしたちを見つめた。

「……あの、カウンター席しかないんですが、いいですか？」

まるで断られることが前提であるかのように、恐る恐る聞いてくる。ざっと見渡すと店内のテーブル席はすべて満席のようで、カウンター席だけが奇跡的に空いていた。

――何か、わたくしたちのことに勘づいているのかしら。

申し訳なさそうな店員の少女を見ながら、わたくしはそんなことを思う。聡い子だ。

完璧な変装だと思ったが、もしかしたら少し綺麗すぎたかもしれない。

「そうですね……」

ウィルもどう答えるか迷っているのか、チラリとわたくしに目配せをした。

どうするか、答えはもう決まっている。わたくしはお腹が空いているんですもの。

「かまわないわ。どこでも大丈夫ですから、案内してください」

「では、こちらにどうぞ」

笑顔に戻った店員さんから、ウィルとともに食堂のカウンター席に案内される。

大衆食堂のようだが、掃除は行き届いていて清潔感があった。それに何より、美味しい匂いとまわりのおじさんたちの食べる勢いがすごい。ますます期待が高まってしまう。

「……お嬢様、よろしいのですか？　このような場所で」

「……いいのよ、というかこの店、絶対にとっても美味しいと思うの」

店員さんが席から少し離れた隙にひそひそと小声で話すウィルに合わせて、わたくしも小声になる。

たしかに以前のわたくしからしたら、こんな場所で食事をするなんて考えられなかっただろう。

個室に通してくれとごねていたに違いない。

「ご注文はどうされますか？」

声を潜めるわたくしたちのもとに、店員さんが戻ってくる。

「そうですね……おすすめはありますか？」

ウィルがそう尋ねると、その店員さんは元々ふんわりとしていた表情をさらに緩めた。

「今日はメンチカツ定食がおすすめですよ。あ、メンチカツというのは、ひき肉と野菜を交ぜたものを油でカラッと揚げているものです。定番はかけうどん、最近メニューに入ったものは、焼きうどんです。えーっと、うどんを炒めて……」

メニューを紹介するその言葉に、わたくしはピシリと固まった。

「メンチカツに、かけうどん……？　それに、焼きうどんですって!?」

なんだそれは。この西洋ファンタジー風乙女ゲームの世界に、そんな食べものが存在するなんて。いやでも、日本の乙女ゲームだからそういうもの……なのだろうか。

「は、はい……。あの、どうされますか？」

あまりに驚いて声がわなわなと震えてしまったため、店員さんが困惑している。意図せず邂逅してしまった懐かしい響きに動揺してしまうのは仕方がない。

「店員さん、申し訳ありませんが、すべてお願い出来ますか」

わたくしがあわあわと逡巡している間に、見かねたウィルがさらりと注文する。

「全部、ですか？」

「ええ。そのメンチカツと、かけうどんと焼きうどんとやらを。すべて一人前で結構ですので」

――ウィル、神だわ、すごいわ……！

すべての料理が気になってやまないわたくしの意思を汲んでくれたのだろう。明らかにふたり分とはいえない量の料理を頼んだウィルが神様に見える。

「では、少々お待ちくださいませ」

テキパキと注文をとった店員さんは、厨房のほうへ消えていった。

「ウィル、ありがとう……！」

彼女が去ったあとに心からの謝意を告げると、彼は柔らかな笑顔を浮かべてくれた。

「お嬢様があまりにも……ふふっ、とても真剣に悩んでいらしたので。どれも食べたいのだろうと思いまして」

「すごいわ、そのとおりよ。どれも絶対に美味しいわ。ウィルも楽しみにしててね」

「はい。わかりました」

得意げに料理を自慢するわたくしを見て、ウィルはまた目を細めた。

それから十数分が経過しただろうか。元々お腹が空いていたことに加えて、周囲から聞こえてくる美味を讃える声にわたくしの空腹度は限界を迎えようとしていた。

今か今かと待っていたそのとき、ついに運命の瞬間が訪れた。

「お待たせしました！　こちらメンチカツ定食と焼きうどん、それからかけうどんです」

明るい店員さんの手によって、注文した料理が手際よくカウンターに並べられる。

「ふわ……これ、本当に本物だ……！」

そのあまりにも神々しい姿と立ち上る香りに、わたくしは思わず感嘆の声を漏らしてしまった。目の前に鎮座するのは、わたくしの前世の記憶にあるものと遜色がない。涙が出そうになる。

「これがメンチカツ……？　中身はなんなのでしょう。焼きうどんというのも初めて見ました」

隣のウィルは不思議そうに料理を観察している。彼は見たことがない料理らしい。この世界の一般的なものではないのかもと思いつつ、わたくしの手は早速メンチカツに伸びていた。

なんといっても、揚げたての黄金色の衣が食欲をそそる。じわじわと油が鳴る音を聞きながら、その香りに抗いきれずにサクリとその衣を割った。

――わ、肉汁がこんなに……！

しっかりと火が通ったお肉の間には黄緑色の野菜が見える。艶やかな透明の肉汁が溢れるのを見てゴクリと喉を鳴らしたあと、わたくしは我慢出来ずに口の中に放りこんだ。

「あ、ちょっとお嬢！　まだ食べてはダメです」

「――むぐ？　どうしたの、ウィル。ほら、とっても美味しいわよ。メンチカツは熱いうちに食べないと！」

咀嚼するたびに、お肉の香りと野菜の甘みが合わさって幸せの味がする。メンチカツを頬張ったあとに、添えられたキャベツの千切りを口に運ぶと、爽やかな酸味が口の中を清涼にしてくれる。揚げ物とザワークラウトという組み合わせだったようだ。素敵すぎる。

「こっちの焼きうどんも。……はわ……醤油のいい香り……」

次に気になっていた焼きうどんのお皿に顔を近づけると、醤油(しょうゆ)が焼けた美味しい香りがする。

「ベラ……」

呆れ顔のウィルは、額に手を当てて深いため息をついている。貴族令嬢としてあるまじきお行儀の悪さだったかもしれないと思いつつも、わたくしの手は止まらない。メンチカツをもうひとかけら食べたあと、焼きうどんへ本格的に取りかかる。

「ほら、この焼きうどんもとっても美味しそうよ。ウィルも食べて食べて。メンチカツも半分こしましょう。取り分けるわね」

「あ、ちょっと、ベラ。それは私がやりますから！」

わたくしとウィルが賑やかに取り分け始めたころには、どこかハラハラした顔でわたくしたちを見守っていた店員さんも安心したようで、この場を離れていった。

焼きうどんを口に入れると、もっちりとした麺に醤油(しょうゆ)が絡み、そしてベーコンの旨味とキャベツの歯応えで、もうとにかくほっぺが落ちそうだ。

醤油(しょうゆ)もうどんも存在する世界。やはりこの世界はどこか歪(いびつ)だ。お茶会のときに緑茶がたまに出ることもあり、それが当たり前だと思っていたけれど、それもどこか不思議だと頭の片隅で考える。

「驚きました……。とても美味しい、ですね」

最初はわたくしの様子に呆れていたウィルも、初めてであろう料理を食べて、目を見開いている。

「ええ、とっても。我が家の料理は十分贅沢だけれど、この金額でこの料理を提供しているなんて、素晴らしいわよね」

「そうですね。これは……たしかに」

「特に、うどんがあるなんて驚いたわ」

「んぐっ、ゲホッ、そ、そうですね」

「ウィル、大丈夫⁉」

かけうどんを啜っていたウィルが急にむせてしまい、わたくしは慌てて彼の背中をさする。心配しているのはわたくしのほうなのに「ベラは大丈夫ですか」と尋ねられて首を捻ってしまう。

「わたくしは変わりないわ。さ、温かいうちにいただいてしまいましょう」

手を合わせて、わたくしは残りの料理に取りかかる。客の感嘆の声が聞こえてくる中、ふたりであっという間に完食してしまった。

満腹になった帰り際、あの店員の少女が近くにいることに気がついたわたくしは、咄嗟に彼女に声をかける。

「あの……とても美味しかったわ」

「お口に合いましたか？　よかったです」

「ええ！」

首をブンブンと振る。すると、彼女は花が咲いたように明るい笑顔を見せてくれて、わたくしもうれしくなった。

――この年齢でもう働いているなんて、やはり前世とは感覚が違うのね。こちらの世界ではこれが当たり前なのだもの。

我が家の庭師見習いも十三歳の少年で、厨房にも同じくらいの子がいる。子どもの就労が一般的なこの世界で、わたくしはただ贄を享受するばかりだ。

「また来るわ。……そうね、明日！」

「えっ」

わたくしの決意を伝えると、少女は驚きで目を丸くする。かと思えば一転して「お待ちしていますね」と素敵な笑顔をくれた。

食堂を出ると、まだ外には行列が残っていた。あれだけ美味しいもの、納得だ。

わたくしとウィルはさっとその場から離れ、少し人の流れのないところへと移動する。

「ねえウィル、少し寄り道したいのだけれど、いいかしら」

「あまり遅くなるのは困りますが……どちらに行かれるのですか？」

真面目な従者に聞き返されて、わたくしはおそるおそる尋ねた。

「ちょうど下町に来ているから、孤児院に行ってみたくて。こういうときは、先方に事前に言っておいたほうがいいのかしら」

「……ここから一番近い孤児院はたしか教会と併設でしたね。大丈夫だと思います。場合によっては侯爵家としての身分は明かせませんが、それでもよろしいですか？」

「それで十分よ。行ってみて、わたくしに出来ることを見つけられるといいなあと思って」

「お嬢様……」

まだまだ王都にはわたくしの知らない世界がたくさんありそうだ。

ウィルに案内してもらった孤児院で、わたくしは予想外に温かく迎えてもらえた。商家の娘であることと、何かお手伝いしたい旨を伝えて、院長先生に施設内を案内してもらう。

「ここには、まだ生まれて間もない赤子からお嬢様とあまり歳が変わらない子までいます。十二歳くらいになると、職を見つけて巣立つのですよ」

「そうなのですね」

院長先生はとても穏やかな雰囲気の女性で、この教会にシスターとして勤めてもう四十年になるという。

相槌を打ちながら周囲の様子を窺うと、古い建物ではあるが清潔さが保たれており、掃除をしている子どもたちの姿もあった。

やはり、働き始める時期が格段に早い。そのあたりの制度までわたくしが大幅に変えることは出来ないことはわかっている。

寄附で運営されている孤児院は、学校のような教育機関ではない。子どもたちのために、わたくしが何か出来ることは――

「きゃっ⁉」

「ベラ様！」

考えごとをしていると、腰のあたりにトスッと軽い衝撃があり、思わず声をあげてしまう。振り向いて見れば、三歳ほどの男の子がわたくしのスカートを掴んでいる。ほわりとした頬のラインがとても愛らしい。

「おねえちゃん、あそぼ～！」

にこにこと微笑まれ、わたくしはそっと膝を折って視線をその男の子に合わせた。

「いいわよ。何をしようかしら？　鬼ごっこでもやる？」

「うん！」

「決まりね。院長先生、申し訳ないのですが、今日はこの子たちと遊んでもいいでしょうか」

院長先生にそう尋ねると、「もちろんです」と快諾してもらえた。

「さあウィル、あなたが鬼よ。しっかり追いかけてね。みんな、あの人に捕まらないように逃げましょう！」

「「きゃーーー！」」

「べ、ベラ⁉」

戸惑うウィルをそのままに、わたくしは子どもたちと庭に駆け出した。楽しげな様子にまわりの子たちもどんどん参加して、ひとりで鬼を務めるウィルがヘトヘトになっているのがわかる。

久しぶりに前世の保育士のスキルを総動員して、わたくしは子どもたちと全力で遊んだ。

夕暮れが近づき、わたくしたちは孤児院をあとにして馬車に乗りこむ。

座席に腰かけると、ふっと足が軽くなる。普段は使わない筋肉を使ったから、明日は絶対に筋肉痛だ。

「ふふ。子どもたち、元気いっぱいだったわね」

そう投げかけるも、向かいに座るウィルは神妙な顔をしている。どうしたのだろう。ずっと鬼をやらされていたから、流石に疲れてしまったのかもしれない。

「……お嬢様。お聞きしてもいいでしょうか」

「ええ、何かしら？」

すぐさまそう答えたのに、彼はすぐには言葉を紡がない。よっぽど言い出しにくいことなのだろうか。

「お嬢様……あなたは、本当にベラトリクス様なのですか？」

ようやく彼が二の句を継いだのは、馬車が走り出してからだった。

「それは……」

予想外の質問に心臓がバクリと大きく跳ねる。こちらをまっすぐに見るウィルの瞳は真剣で、わたくしはたじろいでしまう。

誰がどう見ても侯爵令嬢ベラトリクスであり、別人と入れ替わるなど物理的に不可能だと、誰の目にも明らかだ。この聡い従者は、そんなこと百も承知だろう。それでも、こうして覚悟を持って尋ねてきている。

「不躾なことを言って申し訳ありません。ただ、先日からのお嬢様があまりにも……以前とかけ離れていて。まったくの別人のようで。子どもたちと走り回るなど、以前からは考えらないお姿だったものですから」

ガタガタと揺れる馬車の中で、向かいの席に座るウィルは頭を下げた。

――どうする？

わたくしは頭の中で自らにそう呼びかける。

彼の戸惑いは至極当然のことに思えた。

貴族中の貴族、そこのひとり娘として育った、生まれながらのお姫様。第一王子の婚約者。それがベラトリクス・ロットナーという人物だ。

彼女の生き方と、前世で平凡に暮らしていたわたくしの生き方は百八十度違う。これまで一番近くにいたウィルが、ベラトリクスの根本的な変化に気がつかないはずがない。

「……ウィル、顔を上げて」

深く下げられたままのウィルの頭頂部を見ながら、わたくしは心を落ち着かせながらゆっくりと言葉を選ぶ。

「そうね。あなたには話しておきたいわ。頭がおかしくなったと思われるかもしれないけれど」

断罪の回避生活を送るにあたって、周囲の理解と手助けは必要不可欠だ。特にウィルには、知っておいてもらいたい。これまでの彼の様子を見て信頼に足る人物だと思ったから。

顔を上げたウィルに微笑みかけると、彼はどこか安堵したような表情を浮かべた。

「はい。お聞かせいただけるとうれしいです」

大丈夫。きっと信じてくれるわ。わたくしは胸に手を当てると、一度大きく息を吸う。

「……あのね、突拍子もない話なのだけれど。わたくしはあの日転倒した衝撃で、前世の記憶というものを思い出したの」

「前世の記憶、ですか」

「ええ。それも、かなり特殊なものまで。実はね――」

それからわたくしは、あの転倒事故の日、わたくしの身に何が起きたかをつぶさに説明した。

前世の記憶が蘇ったこと。ここが前世に存在した乙女ゲームと呼ばれる創作上の架空世界と類似していること。その中でわたくしが悪役令嬢と呼ばれる登場人物であること。それから王子に婚約破棄されて、断罪されてしまうこと。侯爵家も取り潰しの可能性があること。

それらを防ぐために、こうして引きこもり生活を選択したこと。

「……にわかには、信じられません」

すべてを話し終えると、ウィルは驚きを隠せない表情でポツリとそうこぼした。

「そうでしょうね。わたくしもおかしなことを言っているという自覚はあるわ」

あの事故でわたくしは頭を強く打っている。だからこそ、ベラトリクスの脳になんらかの不調が生じたと捉えられてもおかしくない。過保護な両親に知られたら、領地でしっかりと静養しろという話になる可能性もある。それはそれで断罪は回避出来そうだが。

「信じなくてもいいの。ただ、知っておいてほしいだけよ」

わたくしが自嘲気味にそう答えると、ウィルはゆっくりと首を振った。

「いいえ、お嬢様の変化について納得がいきました。以前はその、非常に、なんといいますか……」

「ふふ、随分言いにくそうね」

「申し訳ございません」

ウィルは言葉を濁しているが、たしかに以前の行動は褒められたものではなかったから仕方がない。

「おとめげーむ、というのはまったくわかりませんが、お嬢様が断罪されることはありえないと思います。今はもちろん、以前のお嬢様も」

ウィルは断言する。わたくしもそうだったらいいなとは思うけれど、それでもやはり不安は残ったままだ。

「お嬢様の御心のままに、歩まれたらいいと思います。私もエリノアも、精一杯サポートします」

まもなく侯爵家に到着するころ、ウィルはそう言ってくれた。


充実した一日からひと晩明けて、わたくしは宣言どおり再び食堂にいた。昨日は充足感と疲労感から夜はすぐに眠ってしまったが、おかげで目覚めは抜群によかった。

「……お好み焼き………!?」

席に案内されたわたくしは、他のテーブルに運ばれる料理に目を奪われる。お皿の上にはホカホカとした円盤形の食べものがのり、茶色く焼き上がった生地の上にはマヨネーズのような白い線が入っている。キャベツの焦げた甘い匂いが香ばしい。

今日はおさげに眼鏡という格好できたのだけれど、眼鏡を少しずらして二度見してしまった。

「ご存知なんですか？」

メニューを説明する前にわたくしがその料理名を口走ると、店員の少女から驚愕（きょうがく）の表情が向けられた。

「……い、いえ、美味しそう、と言ったのよ。ふふ」

わたくしは慌てて誤魔化す。

もしかしてこれも昨日のメンチカツ同様、前世にはあるけどこの世界にはなかった料理なのかもしれない。わたくしが先に知っていたら、おかしなことになってしまう。

そもそもわたくしはこの世界にうどんがあることすらよく知らなかったのだが、ウィルに聞いた話によると、この国でうどんは国民食らしい。

特に平民の間で爆発的な人気となっているとのこと。思わず「なんで？」と問うてしまったけれど、さらに驚いたのがこのうどんを発案したのが二十年前のバートリッジ公爵だったそうなのだ。

その際、醤油（しょうゆ）や緑茶といったものも同時期に流通し始めている。

なんだか不思議だ。これも、乙女ゲームだからなのだろうか。

以前のベラトリクスは服飾や宝石といったものには力を注いでいたが、食文化についてはまるで興味がなかったようだ。

王妃教育は頑張っていた気はするが、もしかしたら〝バートリッジ〟という名に必要以上に反応したのかもしれない。

「わたくしはあれにするわ。ウィル、あなたは？」

「そうですね……他におすすめは何がありますか？」

お好み焼きを指差しながらウィルに話をふると、彼はまた店員の少女に尋ねた。今度は何が飛び出してくるのだろう。わくわくとした期待の目をその子に向ける。

「もうひとつは、ロールキャベツです」

「それにするわ！」

「……それでお願いします」

ウィルがするよりも早くわたくしが返事をする。きっと呆れ顔だろうが、わかってくれると思う。

「かしこまりました。取り皿もお持ちしますね」

ペコリと頭を下げて、可愛い店員が去っていく。

それから十数分後、わたくしたちのもとには熱々の料理が運ばれてきた。

目の前には、醤油(しょうゆ)の香りが立ち上るこんがり香ばしいお好み焼きと、どう見ても美味しいスープが染みこんでいるしみしみのロールキャベツ。上にはトマトソースまでかかっている。

早速取り分けて、ゴクリと唾を飲んだわたくしはまずはお好み焼きに手を伸ばした。

表面はお肉とともに香ばしくカリッと焼かれているが、ナイフを使って切ると、キャベツたっぷりのふわりと優しい断面が顔を出した。ひと口大にしたあと、添えてあるマヨネーズをつけ期待に胸を躍らせながら口に運ぶ。

「～っ、美味しいわ。とっても！」

キャベツと卵の優しい味わい。そこにお肉と醤油(しょうゆ)のガツンとした味が加わる。そこにマヨネーズがまたまろやかな風味を足して、口の中が幸せでいっぱいだ。

「これは……キャベツの中に肉が入っているのですね。非常に美味しい……」

わたくしがお好み焼きに感動している横で、ウィルもまた驚きの表情を浮かべながらロールキャベツを味わっている。

わたくしもたまらなくなって、お好み焼きを飲みこむと今度はロールキャベツに取りかかった。俵形に巻かれたキャベツにナイフを入れると、キャベツの層とその中心のお肉が顔を出す。肉汁がジュッと溢れてスープに流れてゆく様子はすでに視覚で美味しい。

「こっちも、とっても美味しいわ……」

優しいコンソメスープが染みたキャベツは甘く柔らかい。口いっぱいにひき肉のジューシーな味わいも広がり、トマトの酸味がいいアクセントになっている。

キャベツの可能性は無限大だ。

どちらもとても美味しくて、わたくしとウィルは舌鼓を打ちながら食事を楽しんだ。

そうしてお腹いっぱいになったあとは、約束どおり孤児院の門を叩いた。

昨日と同じく駆け回って遊ぶことに加えて、手遊びなどの遊び唄もいくつか披露した。孤児院には本が極端に少ないことを知り、また、この国の識字率についてもある程度の知識を得た。一般的に、孤児院で読み書きを教えることはないらしい。そうした機関もなく、家庭教師や学校といった手段のある貴族や富裕層と比べたら、読み書きを学ぶ機会は格段に少ない。

「今度、紙芝居を用意するわね。楽しいお話にしましょう」

そうした機会を少しでも増やせればと思い、わたくしは孤児院用に作業を進めることにした。

就寝前のベッドの上。

「明日も孤児院に……と思ったら、予定があるんだったわ」

そんな考えが頭を過(よぎ)ったがわたくしはすぐに思い直す。

午前中、エリノアの傷薬を見せてもらうために王都一の商品量を誇るというダムマイアー商会を家に呼んでいたのだった。

孤児院へ行けるのはまた今度だ。あまり頻繁に訪ねると、慰問に来た貴族と鉢合わせてしまう可能性もある。紙芝居が完成したら訪ねてみよう。

「楽しみ……喜んで、くれるといいな」

貧弱な令嬢ボディであることを忘れて体力を使いすぎたせいで瞼(まぶた)が重い。わたくしはうとうととしながら、エリノアや子どもたちのことを考えていた。

第四章　悪役令嬢の変化

ダムマイアー商会は、時間より少し早く侯爵家を訪ねてきた。

「ベラトリクス様、本日はよろしくお願いします」

「ええ。お願いいたしますわ」

綺麗に整えられた口ひげが印象的なその人は、なんと商会長オットーさんご本人だという。

人当たりがよさそうな笑みを浮かべた商会長は、応接テーブルにのせた革造りのトランクケースをゆっくりと開く。そこには小瓶がいくつか並んでいた。

「先にご連絡をいただいていた件なのですが、こちらが商品にございます」

「わあ！　あら、でも、随分と種類が少ないのですね？」

わたくしが注文したのは、エリノアのための傷薬。街歩きの際にウィルと一緒にいくつか薬屋を見て回ったのだが、この件に関しては貴族パワーを使ったほうがよりよいものが見つかるだろうとの結論に至った。

だからこうして、商品を見繕ってもらったのだけれど……

ケースに並ぶのは、どれも似たり寄ったりの白くて小さな陶器の容器。細長かったり円形だったり少しずつ形は違うが、見た目にはさほど差異はない。

何より驚いたのは、商品の数が少ないこと。大仰なケースの中にあった薬はたったの四つだ。王都の薬屋のほうが、商品の種類がもう少しあった気がする。

わたくしの言葉に、商会長は申し訳なさそうに頭を下げた。

「大変申し訳ありません。我がダムマイアー商会で十分に吟味しましたところ……お嬢様がお求めの条件に合うのは、これらのみでございました」

「そうなのですね。あら、でも」

わたくしはふと薬屋でのやりとりを思い返す。『そこの商品は貴族用ですので』とやんわりと触れることを拒絶された可愛らしい小瓶が頭を過(よぎ)る。

「商会長様。わたくし、紫の花の模様が入った可愛らしい容器の塗り薬を見たことがあるのだけれど、それはお取り扱いではないのでしょうか？」

「！」

商会長は驚いた表情のまま固まってしまった。不思議に思って横を見ると、そばで商品を眺めていたウィルまでも目を丸くしてわたくしを凝視している。

――何か、まずいことを言ったのかしら？

明らかに空気がおかしくなったが、何もわからないため首を傾げる他ない。

「……たしかにそういった商品も、あるにはありますが……」

「わたくし、それが気になっていたのです。今あるなら見せてほしいですわ」

「本当によろしいのですか？」

「？　ええ、お願いします」

「わかりました。では……」

　歯切れ悪く言葉を濁しながら、商会長は別に持ってきていたらしい鞄を漁る。その間もチラリチラリとわたくしの様子を窺う。まるで、これから怒られることがわかっているかのようだ。

　もしかして、わたくしでは買えないようなとても高い商品なのだろうか。それで怒り出すかと心配されているのかもしれない。

「……ベラトリクス様、よろしいのですか？」

　わたくしに小声で問いかけてきたのはウィルで、彼もまた困惑したような表情を浮かべている。

「ええと、何かその商品に問題があるのかしら？　わたくしでは買えないお値段なの？　それとも、あまりよくない薬なの？」

　可愛くても効果がないなら意味がない。副作用があるなんてもってのほか。

　そう思って聞き返してみたのだが、ウィルも商会長もぽかんとしている。

「いいえ、効果は随一でございます。この国におひとりしかいない特級薬師様が、領地の豊かな薬園で育てた薬草を用いて調合されたものですので……お値段も安価なものから高価なものまで、各種ございます」

「まあ、素敵ですわね。早く見たいですわ」

「……こちらでございます、お嬢様」

　商会長はチラリとウィルに目配せしたあと、薄紫色の花模様があしらわれた陶器の容器を鞄から取り出す。その途端、部屋の空気が張りつめた。

――な、なんなのかしら……？

「お嬢様。先にお伝えしておきます」

戸惑っているわたくしを前に、商会長は意を決したような面持ちでテーブルの上にその薬瓶をそっと置いた。やはり可愛らしい薬瓶だ。

「先述の薬師(くすし)とは、アンナ・バートリッジ様のことでございます。この薬を作られたのは、バートリッジ公爵夫人です」

「まあ、公爵夫人が手ずから作られているのですね」

「……はい」

「あら、バートリッジ……？」

「左様です」

そこでようやく、周囲の人がどうしてここまで気を揉んでいるのか気がついた。

――そういうことなのね。

バートリッジ公爵家。それは、ベラトリクスが目の敵(かたき)にしていた令嬢、アナベルの家門である。

わたくしがあのご令嬢を毛嫌いしていたことを汲んで、商会長は商品を出すのを躊躇(ためら)っていたのだ。それらの商品を徹底して除外した結果、あの四つの薬瓶しか残らなかったのだろう。

わたくしは納得しつつ、苦い気持ちにもなる。出入りの商人にまであの癇癪(かんしゃく)を知られているとは、一体ベラトリクスはどんなふうに過ごしていたのだろう。

お茶会のあとに腹を立てて花壇を台なしにし、部屋で暴れて花瓶を割ったくらいだ。

きっと、この可愛らしい花柄の小瓶を屋敷の中で見つけた日には、床に投げつけて割るくらいのことはやっただろう。こうして商品を薦められた暁には、激高して瓶を商会長に向かって投げつけていたかもしれない。

記憶を探ればきっと思い当たる節があるのだろうけれど、怖いからやめておく。

わたくしは無言で机上の薬瓶を手に取る。薬品独特のツンとくる香りはなく、花の香りがかすかにしている。

「商会長様」

顔を上げれば、商会長の肩がピクリと揺れ厳しい表情のままこちらを見た。ウィルを含め、この部屋にいる者たちも同様に険しい表情を浮かべている。

「ご配慮、痛みいります。きっとわたくし、これまで横暴な振る舞いをしていたのでしょうね。申し訳ございません」

「はい……？」

「この品がとても気に入りました。そんなに効き目がいいのであれば、同じものをいくつか買いたいですわ。それと、わたくしのワガママで侯爵家の者が不自由するのは嫌だから、今後は気にせずよい品をお届けくださる？」

ベラトリクスとアナベル嬢との確執のせいで、良品を扱えないなんて損以外の何ものでもない。

心からの謝罪を込めてそう言うと、一瞬呆けていた商会長は慌てて姿勢を正した。

「は……！　こちらこそ、差し出がましいことをいたしまして、申し訳ございません。あいにく、こちらの塗り薬タイプは本日手持ちがこれしかありませんが、他にもラインナップがございますので後日すぐにご用意いたします。それから実は他にもお嬢様におすすめしたい商品がございます。お身体の症状は頭痛と目眩でしたか？　でしたらこちらも大変おすすめでございまして――」

目に光が戻った商会長は、バートリッジ公爵領産の菫印の頭痛薬や、お肌にいいという美容品を大量にテーブルに並べて生き生きと商談を始めた。商魂たくましい。大切なことだ。

「まあ、楽しみですわ。こちらとこちらの使い方も説明してくださる？」

「ええ、もちろん」

たくさん並べられた可愛らしい商品に胸が高鳴る。わたくしが目を輝かせていると、商会長もうれしそうに顔を綻ばせた。

それからも商談は続き、彼が「毎度ありがとうございます～」と満面の笑顔で帰るころには、数々の薬品や化粧品がわたくしの前に並んでいた。

最高の戦利品だ。こうして買ったものが並んでいると壮観だ。

「お嬢様、よろしかったのですか？」

ほくほくと眺めていると、これまでずっとお買いものを見守ってくれていたウィルがそう問いかけてくる。

「ええと……ごめんなさい、少し買いすぎてしまったわね。無駄遣いはしないようにと思ったのだけれど……。わたくしのドレスをいくつか売れば足しになるかしら」

——いけない。商会長さんに薦められるままにあれこれと買ってしまったわ。

正気に戻ったわたくしは、クローゼットという名の一室にあった数々のド派手ドレスを思い出す。デザインはどうかと思うけれど、布地やレースなどはやはり一級品だ。きっともう袖を通すことはないだろうから、この際お金に換えてしまうのもアリかもしれない。後々のためにも。

「いえ、そうではなく……以前はバートリッジ公爵令嬢と関わりがあるものはすべて遠ざけておられたので、無理をなされたのではないかと」

頭の中の電卓を弾いていると、ウィルは心配そうにわたくしを見ている。彼が心配していたのはお金のことではなくわたくしのことだった。それに、彼だけでなく部屋に控えていた侍女たちまで心配そうにしている。

「ああ、そっちね。その件はもう大丈夫よ。心配をかけてごめんなさい。今はもうアナベル様に対して特別な気持ちはないの。桃色のお花も、菫印（ヴァイオレットシリーズ）の薬でもなんでも、咎めはしないわ」

「そんなことよりエリノア、こちらに来てくれる？」

言いながら、わたくしは目が合ったエリノアを手招きした。

「はい、今すぐに」

わたくしの心境の変化に戸惑っている様子ながら、エリノアは呼びかけに応じて近くへ来てくれる。

「これ、とってもいいみたいだから、早速今日から使ってみましょう。朝晩一回、しっかり塗りこむといいそうよ」

先ほど商会長から最初に受け取った薬を手に取り、彼女へ差し出す。

「で、でも、お嬢様……」

「ダメよ、エリノア。わたくしのワガママに付き合う約束でしょう！」

恐縮して遠慮する侍女の手に、わたくしはその軟膏をたっぷりと塗る。

「これからは自分でもちゃんと塗ってちょうだいね？」

有無を言わさぬ笑顔で、わたくしはその瓶を彼女の手のひらに押しこんだ。


それから数日が経ち、わたくしは朝の支度のためにドレッサーの前に座っていた。鏡越しに、エリノアがわたくしの髪を梳かしている様子が見える。

「ベラ様、本日はバートリッジ公爵家でお茶会があるそうですよ」

エリノアの言葉に、寝起きで動きが鈍っていた頭がしゃっきりと呼び醒まされる。

「そうだったわ。お母様が参加すると言っていたし他の方々も外出するでしょうから、今日のおでかけは危ないわね。家で過ごしましょう」

往来が増えれば、わたくしのことを見かける可能性が上がってしまう。病弱をうたって欠席するのだから、そのあたりは徹底しなければ。

「では、過ごしやすいワンピースにいたしますね。お庭には出ますか？」

「そうね……まずはグレーテと作業をする予定なの」

「そうでしたか。わかりました」

ふふふ、と柔らかく笑む彼女の手を、わたくしはチラリと盗み見る。傷は少しずつだけどよくなってきたようだ。傷口は完全に塞がったようだから、痕がどこまで消えるかというところ。

――菫印本当によかったわ。

自らの頬に触れながら、わたくしはその手触りにうっとりとしてしまう。

薬は商会長の言うとおり効果は抜群で、併せて購入した美容品もとても質がよかった。お肌がぷるぷるだ。

無理な化粧をしなくなり、毎日よく食べよく動きよく眠る生活になったことも理由のひとつだろう。鏡の中のわたくしもうれしそうに笑っている。エリノアもだ。

「今日は髪をまとめてしまってもいいでしょうか？」

「ええ、お願いするわ」

長い赤髪が器用に結われていく様子を眺めながら、わたくしはまた頬が緩んでしまう。

あの日の出来事のお陰でもうひとついいことがあった。わたくしに接していた使用人たちの迷いが、完全に払拭されたのだ。

両親とも再度話をして、これまでの振る舞いが幼稚でひどいものだったこと、これからは心を入れ替えて奉仕活動に力を入れたいという思いを告げた。

本当は心が入れ替わったどころかまったくの別人格になってしまっているのだが、皆の中で、侍女に大怪我をさせたあの出来事がベラトリクスを大きく変えたという共通認識になった。

「エリノア、薬は染みていないかしら。あの薬はまだ残っている？　なくなったらすぐに言ってね。

言わないと……わたくしが勝手に定期的に買うからね。ひどいことになるわよ」

「はい、ベラ様。心得ました。まだありますので大丈夫です」

柔らかく微笑む侍女に、わたくしも笑みを返す。

赤い髪という主張の激しい髪色であるうえに、ヒロインのようなまん丸ぱっちりお目々と違って多少吊り上がり気味の紅色の瞳であるけれど、笑顔になれば少しは柔らかく見えるだろう。

「そうだわ、エリノア」

仕度が終わって立ち上がったわたくしは、言づけを思い出して彼女を振り返る。サイドの編みこみも素敵だ。

「わたくしのドレス、もう着られないものや、あまりにも華美なものは売ったりして処分しようと思うの。他の人と協力して、仕分けてもらえるかしら。あとでわたくしも確認するわ」

「はい、承知しました。ではお嬢様、私は一度失礼いたします」

エリノアは快く承諾してくれたあと、その仕事へ向かうために部屋を出ていった。次の瞬間、再び部屋の扉が開かれる。

「お嬢様、お持ちしましたっ」

入れ替わりで部屋に入ってきたのはメイドのグレーテだ。今日もワゴンにたくさんの紙と絵の具を運んできてくれた。

最初のころ、わたくしに対してかなり怯えていた彼女だったけれど、その恐れから解放されて、現在は元気いっぱい仕事をしている。元々の彼女はきっとこんな性格だったのだろう。以前は青い顔しか見たことがなかったことも、わたくしの記憶には残っている。

「ありがとう。助かるわ」

「いえいえ。それで私は、背景を担当したらいいんですよね？」

「ええ。こっちは水色。こっちは黄色でお願い」

「わかりました！　お嬢様、絵がとてもお上手なんですね～。知りませんでした～」

「あら、ありがとう」

グレーテはわたくしが描いたイラストの周辺を指示どおりに塗っていく。その隣で、わたくしは真っ白な紙にお姫様の絵を描いている。隣には王子様もいて、ふたりのまわりには花が咲き乱れて、幸運の白い鳩も飛んでいる。

王子様とお姫様のハッピーエンド。お伽話（とぎばなし）のエンディングはやはりこうでなくては。

作っているのは紙芝居で、今度孤児院に行ったときに子どもたちに見せてあげようと思う。前世で見た有名なお伽話（とぎばなし）のストーリーをちょこちょこと拝借しながら、物語を仕上げていく。

「喜んでくれたらいいな」

いろいろな事情を抱えながら孤児院に暮らす子どもたちの顔を思い浮かべながら、腕まくりをしたわたくしは、ウィルがお茶の時間の用意をしてくれるまでグレーテとともに作業に没頭したのだった。


「バートリッジ公爵家、どうやら新しい料理人を雇ったみたいですわ」

夜になり家族で夕飯をとっていると、お茶会帰りのお母様がそんなことを話し出した。

以前は禁句だったバートリッジの名も、わたくしの懸念がなくなったからか自然と話題に上る。

そもそも以前までのわたくしであれば、バートリッジ公爵家から招待状が届いたとしてもビリビリに破って捨てていただろうから、お母様が参加することもなかったはずだ。

「そうなのかい」

「ええ、旦那さま。見知らぬ菓子があったのです。『パイ』というのですって！　絶品でしたわ」

お母様はお茶会で振る舞われたお菓子にいたく感動したらしい。恍惚の表情を浮かべ、ほう……と悩ましげなため息までついている。

「なんといってもあの食感。サクリとしてバターの香りが豊かで、それでいて中の果物は甘くて……中に煮た林檎が入っているものはアップルパイというのですって。他にも果物がのったものや、レモンクリームのパイなんかもございましたの！」

「そうか、さすがは公爵家だなあ」

「ええ、お父様。とっても美味しそうですわ」

お父様とわたくしは頷きながら相槌を打つ。大丈夫、バートリッジの名前をいくら聞いても、わたくしの心は凪いでいる。

それにしても、アップルパイですって。一瞬だけわたくしも行けばよかったと思ってしまった。

心の中で相反する気持ちを抱いていたとき、お母様が「そうだわ」と不意に何かを思い出したように手を叩く。

その合図に、お母様付きの侍女がサッとそばに侍る。素早すぎて残像しか見えなかった。

お母様はその侍女が持ってきたものを受け取ると、わたくしに笑顔を向けた。

「ベラちゃん。今日はお茶会にアルデバラン殿下もいらしていたの。あなたへの贈りものとお手紙を預かってきたわ」

「えっ」

完全に予想外で、心から驚いてしまった。あれからまったく連絡もしていないし、お会いしてもいないのに。まだ破談にはならなそうな雰囲気に落胆しつつ、それを受け取る。

「殿下がうちにお見舞いに来たいとおっしゃっていたけれど……断っておいたわ。よかったのよね？」

「ええ、お母様。ありがとうございます」

不安そうな顔を浮かべるお母様に笑顔で返すと、お母様も安堵したように微笑んでくれる。

バートリッジ公爵家のお茶会という重要な社交の場で、殿下直々の申し出を断るのは大変だっただろうに、わたくしの意思を汲んでくれたのだと思うと目頭が熱くなる。

「殿下がねえ～。どういう風の吹き回しだろうなあ」

お父様もニコニコとした笑顔を浮かべるだけで、仮病で欠席したわたくしのことを咎める素振りはない。

本当に、ベラトリクスは溺愛されているのだ、この両親に。

「旦那様。そんなことよりあの菓子です。一体いつの間に公爵家はあんなすご腕の料理人を雇ったのかしら。羨ましいわ。あ、そういえば、殿下の側近候補の子息が呼ばれていたわ。そのお披露目も兼ねていたのかもしれませんわね。とても綺麗な……初めて見る顔で……あら、パイのせいで名前を忘れちゃったわ」

よっぽどそのパイの菓子がお母様にとって衝撃的だったのだろう。

殿下の話をそんなことで片づけたり、彼の側近候補のことを失念していたり。そもそも殿下からの贈りものの存在も忘れかけている。

「わたくしも、そのパイを食べてみたいですわ」

「そうよね⁉　私も絶対にベラちゃんに食べさせたいわ。我がロットナー侯爵家の力でなんとかして手に入れましょう」

なんて平和な権力の使い方だろう。パイのことしか考えていない茶目っ気たっぷりのお母様の話を聞いていると、わたくしの頭の中もかつてよく食べた懐かしいアップルパイ一色になってしまった。

それから一週間ほどしてから、わたくしはウィルとともに下町に来ていた。

ついにあの紙芝居が完成したこともあり、今日は孤児院でお披露目をしようと考えている。

その前に腹ごしらえも大切だ。

「いらっしゃい！　空いてる席にどうぞ」

食堂の扉を開けるとカウンター越しに快活な女主人の声に迎えられた。なんの気なしにささっと店内を見回したところ、あの店員の少女の姿がない。

——ミラはお休みなのかしら。彼女の料理説明を聞くのも好きなのに。

代わりにやってきた他の店員に焼きうどんとかけうどんを注文しつつ、わたくしは少しだけ残念な気持ちになる。

いつも笑顔で接客しているあの少女は、名をミラという。

短期間で通いつめた結果、わたくしたちの存在はしっかりと彼女に認識され、店を訪ねたら挨拶を交わしたり雑談をする程度には親しくなった。もちろんわたくしの素性は伏せているため、『どこかの商家のお嬢様、ベラ』ということになっている。

社交界以外で同年代の子とお話をする機会がないため、わたくしは勝手にミラに会うのを楽しみにしているのだ。でも、お休みが取れるのは素晴らしいことだと安堵(あんど)もしている。

「お待たせしました。焼きうどんとかけうどんです」

「ありがとうございます」

運ばれてきた料理をウィルがさっと受け取り、それぞれの前に置いた。

ウィルはシンプルにかけうどんだ。天かすとネギをこんもりのせるのがお気に入りらしく、うれしそうに盛っている。

「ミラちゃんがいねえといつもの調子が出ねぇなあ～」

「わかるわかる。あのちんまい子がぴょこぴょこ頑張ってるの見ると、なんてぇか、ほわ……ってなるよな」

「あの子が来てからここのメシもますますうまくなったよな。メンチカツなんてありゃうますぎだ」

カウンターに座るわたくしたちの近くのテーブルでは、常連と思われるおじさんたちが楽しそうに会話をしている。

「あの子が年ごろになったら、大変そうだなぁ」

「うちの倅の嫁に来てくれねぇかなー」

「バカやろう、鍛冶屋なんてあの子に苦労させるだけだろ。というか、お前の子どもはまだ一歳じゃねーか！　あの子はうちの雑貨屋に来てもらおう」

「はあ、バカだなお前ら。ああいう気立てのいいお嬢さんは、ある日突然どこぞのいいところの坊ちゃんに見初められて連れてかれるもんだ」

「そんな……ミラちゃん……」

「うちの嫁……」

「お待たせしました～」

盛り上がっているおじさんたちの会話は一旦そこで遮られた。ご飯が届いたらしく、雄叫びをあげながらそちらに夢中になっている。

ミラがこの店の看板娘で、おじさんたちが息子の嫁にと望んでいることはよく伝わってきた。勝手に熱望して勝手に意気消沈しているその様子がとてもおもしろい。

「ベラ、とても楽しそうですね」

彼らの会話を盗み聞きしてクスクス笑っていると、ウィルにそう言われる。そういうウィルも優しい表情だ。

「ええ、とっても楽しいわ。今の生活がとても好き。……このまま、何事もなく続いたらいいのに」

わたくしにこの先待ち受けるであろう乙女ゲームの運命が、少しでも変わっていたらいい。

侯爵家が取り潰されることだけはどうしても避けたい。

「ウィル、わたくし頑張る……！」

決意を再表明して、わたくしは焼きうどんを口に運ぶ。相変わらず美味しい。最高だ。

「ほらほら、早く食べないとうどんが伸びちゃうわ！　天かすもプワプワになるわよ」

ウィルが何か言いたげにこちらを見ていることには気がついたけれど、わたくしがそう促すと彼は諦めてうどんを啜り始めた。


「お嬢様、こちらに！」

店を出たところで、半歩前を歩くウィルに腕を引かれ建物の陰に押しこまれた。ウィルも半分は陰に入りながら、身を乗り出すようにして食堂のほうを見ている。

「ねえウィル。どうしたの？　孤児院に早く行きましょう。しばらく行けなかったから、わたくし楽しみで仕方がないわ」

ウィルの背中のせいでまったく前が見えない。どうしてこんなふうに隠れているのか理解出来ないわたくしは、ウィルの上着の裾をつんつんと引っ張って尋ねた。

「……ベラ様。状況がわかっていらっしゃいますか？　あの食堂の前に、立派な馬車が停まっているでしょう。おそらくあれは貴族のものですよ」

はあ、と呆れたようにため息をつきながら、ウィルは後ろにいるわたくしを振り返った。

キゾクノモノ。帰属のもの……貴族の、もの。

しばらくその言葉を理解するのに時間がかかったが、それとわかった瞬間に、浮き足立っていた気持ちがサアッと引いていくのがわかる。

少しだけ前に出て、わたくしはウィルの腕の隙間から食堂のほうを覗き見ると食堂の前に、先ほどまではなかった綺麗な馬車が停められていた。

「あの食堂、貴族が来るの？」

「ベラ様が行くぐらいですから、他にも評判を聞きつけた者がいるんでしょうね」

「穴場だと思ったのに……！」

「皆そう思っているのでしょう」

下町の食堂に堂々と出入りする貴族なんていないと勝手にタカを括っていたのだが、どうやらそうではないらしい。美味しいものは人を惹きつける力がある。わかる。

わたくしが呆然としていると、賑やかな声がしたあとにガラガラと車輪が煉瓦を叩く音が聞こえてきた。待ち人を乗せて、馬車は出発したらしい。

「……あの家紋は、クルト伯爵家ですね」

その言葉にガバリと顔を上げる。

道のほうに視線を向けていたウィルは、あの馬車の家紋から貴族を特定したらしい。あいにく、車体に隠れて人物の姿は見えなかったので、向こうからもこちらのことは認識出来なかっただろう。

クルト伯爵家。それは、わたくしが最も恐れる名だ。

「お嬢様、これからどうされますか？　……お嬢様？」

ウィルがわたくしを見てぎょっとした顔をする。きっと青い顔をしているだろう。自分でもわかるくらいに血の気が引いていく。

「……そうね、そうよね、ヒロインは庶民出身だから、こういうところに来るわよね」

「大丈夫ですか？　顔色が悪いです。お加減でも？」

「いえ、いいの。大丈夫。わたくしの人生最大のフラグに出会っただけだから。……引きこもっているだけじゃ足りない……？　どうしたら回避出来るのかしら……」

「？　なんのことかわかりませんが、今日は帰ったほうがよさそうですね。他の貴族と鉢合わせるのは得策ではありません。孤児院はまた今度訪ねましょう」

俯きながらぶつぶつとつぶやくわたくしをウィルは優しくエスコートして、一般の馬車に扮している侯爵家の馬車へ戻った。

誰にも会わずに戻れたことに安堵(あんど)して、何度も浅い呼吸を繰り返す。まだ落ち着かない。

——大丈夫、お互いに顔を合わせてはいないもの。何もわからないわ。

クルト伯爵家とは、小さな田舎町(いなかまち)の孤児院にいたヒロインのスピカを引き取った家の名前だ。もしあの馬車にスピカが乗っていたとしたら……

王妃教育や社交から手を引けば運命から回避出来ると思っていたのに、お気に入りの食堂に彼女が現れるとは思わなかった。

ベラトリクスはゲーム外でも、ヒロインと関わりがあったのだろうか。

わからない、何も。

「大丈夫よね……わたくし、まだ何もしてないもの」

以前と乖離した生活をするうちに、楽しくて忘れていた。いつかわたくしは断罪されるかもしれない存在だと。

わたくしは怖いのだ。急にこうして前世の記憶を取り戻したように、何かがきっかけでまた前のベラトリクスに戻ってしまうことが。殿下やアナベル嬢、そしてヒロインに出会ったとき、豹変してしまうかもしれない自分自身が。

「大丈夫ですよ、お嬢様。侯爵家でも美味しいうどんは食べられます。用意させましょう」

「……焼きうどんがいいわ。それにお好み焼きも食べたいし、メンチカツも」

「はい、承知しました」

思わず手が震えてスカートを握りしめて我慢していると、ウィルから見当違いの励ましを受ける。

それが冷えそうになったわたくしの心を温かくしてくれた。

予定をキャンセルして早く帰宅すると、わたくし以上に青ざめたエリノアやグレーテに甲斐甲斐しくお世話してもらえて、布団の中でこっそり泣いてしまった。

◆閑話　王子と側近◆

バートリッジ公爵家でのお茶会が終わってから一週間ほどが経ったある昼下がり。

アルデバランが執務室で手紙を読んでいると、扉が数回ノックされた。

「……誰だ？」

アルデバランはチラリと時計に目をやる。

基本的に事前の予定がなければアルデバランの執務室を訪ねてくるのはオスヴィンだけだ。

一刻後にオスヴィンが馴染みの商人を招いているそうだが、それにはまだ時間が早い。だとすれば、何か不測の事態でも起きたのか。

「オスヴィンです。クルト伯爵子息がお見えでして……お時間よろしいでしょうか？」

「ああ、問題ない」

訪ねてきたのはやはりオスヴィンだったが、予想外なのはもうひとりの人物だ。

返事をすると、オスヴィンは来客を伴って部屋に入ってくる。彼の表情がどこか苦々しげなことを、アルデバランは不思議に思った。

「――アルデバラン殿下。急な来訪失礼いたします」

肩まで伸びる輝く金髪と、美しい青の瞳。令嬢と見紛うばかりに美しい容貌のその男は、アルデバランに対してペコリと頭を下げると輝くような笑みを向けた。

彼の名はアークツルス・クルト。

次期宰相と目されるクルト伯爵の遠縁の者で、正式に養子として引き取られた彼は非常に優秀だと聞いている。一年ほど前に知り合った彼は、これからは正式にアルデバランの側近としての教育を受けるらしい。先日の公爵家での茶会がそのお披露目の場となった。

「かしこまらなくてもいい。アーク、なんの用だ？」

「父上に書類を届けに来たのですが、せっかくなのでアランと話をしたかったんです」

にこにこと笑みながら、アークツルスは部屋の隅に控えているオスヴィンをチラリと横目で見るような仕草をする。それを察したオスヴィンは、そそくさと部屋を出ていった。

「……話とは、なんだ」

きっとゆくゆくは彼が宰相になる。そんな確信めいた気持ちがある。アークツルスはアルデバランの優秀な部下であり、よき友人でもある。そんな彼が宰相になってくれれば、頼もしい。

オスヴィンが部屋を出ていったことをしっかりと確認したアークツルスは、ゆっくりと口を開いた。

「アラン。この前のお茶会でロットナー侯爵夫人にお見舞いの品を預けていたでしょう。令嬢から何か反応はあったかと思いまして」

「ああ……」

その件かと思いながら、アルデバランは先ほどから何度も何度も眺めていた手紙をアークツルスに掲げる。その手紙の文末に記されているのはベラトリクスの名で、他でもない彼女の自筆だ。

「このとおり、礼が届いた。可愛らしくて気に入ったと……書いてある」

前後の社交辞令的な美辞麗句(びじれいく)を除けば、書いてあることはたったそれくらいだ。それでもうれしいと感じている自分がいる。

彼女が倒れた際は、オスヴィンに命じてルビーを用いた贈りものをしたが、今回の贈りものはアークツルスとともに選んだものだ。妹に贈りものをしたいからともに選ぼうとアークツルスに言われ、城に呼び寄せた商人からアルデバランが選んだのは、彫刻が美しい手鏡だった。

彼女に手鏡を贈るのはこれで二度目だ。

「よかったですね、アラン。彼女とはまだ直接会えなさそうですか？」

「ああ」

その問いに、アルデバランはゆっくりと頷く。あれからまったくといっていいほどベラトリクスの姿を見ない。お茶会にロットナー侯爵夫人が来ていたため、出来れば来訪をしたい旨(むね)を伝えてみたのだが。

『殿下、申し訳ありません。この国の中心となるべき御身を、病床の娘に近づけることは躊躇(ためら)われます。お見舞いはお控えいただけるとありがたく存じますわ』

そう深々とお辞儀をした侯爵夫人の姿が脳裏に蘇ったアルデバランは、小さくため息をつく。

「まあでもよかったじゃないですか。贈りものは受け取ってもらえたのでしょう。アランが選んだ品を、直接渡すことが大切だと思います」

アークツルスはニコリと微笑むと、オスヴィンが出ていった扉を意味ありげにチラリと振り返ったあと、またアルデバランに視線を戻した。

「人任せにしたら、その贈りものが本当によいものでも、その人のもとに届いたかどうかわかりませんからね」

その言葉に、アルデバランはハッとした。

贈りものを人に頼むようになったのはここ一年ほどだ。

六歳のときに顔合わせをし、そのまま婚約の運びとなったときにアルデバランが初めて贈った子ども用の手鏡を、彼女は喜んでくれていた。そのときは。

「前はちゃんと、渡していた」

「では、いつからあのオスヴィンとやらに任せるようになったんです？　何かきっかけでも？」

アークツルスの言葉に、アルデバランはその一年前のことを思い出す。

『こんなもの……いらないわっ！』

庭園でのお茶会の途中に離席したベラトリクスを捜していたアルデバランは、赤髪の少女が地面に投げ捨てたものを見て声をかけられなくなった。

地に転がるそれは、このお茶会より少し前にアルデバランが彼女に贈った髪飾り。

渡したときは『大切にしますわ』と頬を赤らめて微笑んでくれて、お茶会につけてきてくれたことをうれしく思っていたのだが、その髪飾りは無情にも土に塗れている。

なぜだ？　どうして？

何が起きたのかわからず、声をかけられずにいると、ベラトリクスはそのまま帰ってしまった。

そこからだ。贈った品々を彼女が身につけることはなく、アルデバランに会ってもそこまでうれしそうにはしなくなった。いつも不機嫌そうで、刺々しい態度なのだ。

だが、王妃教育には邁進していると王妃は言う。

ただ〝王妃〟になりたいだけのワガママな少女――アルデバランの目には、ベラトリクスという少女がそう映るようになっていた。

母である王妃の評価はそこまで悪くはなく、侯爵令嬢という家柄も申し分ない。彼女以外の令嬢を妃に据えたところで、内実は何も変わらないだろう。むしろ政争の火種になることは避けたい。

――そうであれば、王家に生を受けたものの義務として、このまま婚姻を進めるだけだ。

そう思って淡々と、必要最低限に接することにした。

「そうだったんですね。これはまあ……なんというか」

アルデバランが説明を終えると、アークツルスは額に手を当てて思案顔だ。

「だが結局、会えないことには渡しようがないだろう」

誰にも話したことがない胸の内を明らかにして気恥ずかしくなったアルデバランは、それを誤魔化すために少しつっけんどんな言い方をしてしまう。こうした態度が彼女にも嫌われているのだとわかってはいるのだが、どうしてもうまく出来ない。

「それはまあ……そうですねえ」

それでもアークツルスは気分を害したふうでもなく、うんうんと頷いてくれている。

「何か手立てがあるといいのですが。ベラトリクス嬢もゆくゆくは学園に入学するでしょう？　そのころにはアナベル嬢も隣国に留学してこの国にはいないのですから、多少癇癪は治まるのではないでしょうか。そこまで重い病だという情報も入っていません」

「アナベルと私はそんな関係ではない」

即座に否定したが、アークツルスは首を横に振る。

「アラン、君が特別親しげにする令嬢はアナベル嬢くらいです。他の令嬢たちには当たり障りなく接しているでしょう？　少なくとも外野からはそう見えますよ。この国では従妹との婚姻は禁止されていないのですから、なおさら」

「そうか……」

短く返事をしたあと、アルデバランは瞼を閉じる。まわりから見てもそうだったなんて、考えたこともなかった。皆、親戚だからと理解してくれていると勝手に思いこんでいたのだ。こうして、誰かに自分の振る舞いを直接正される機会はこれまでなかった。

側近候補は数名いたが、その誰もがアルデバランに気に入られようと太鼓持ちのようになり、関係性を築くのは難しかった。だがこの天使のような見た目の友人は、こうして忌憚のない意見をくれる。

「まったくアランは頭が固いんだから。これから贈りものを選ぶときは私も同席させてくださいね」

「わかった。今からオスヴィンが商人を連れてくるが、都合はどうだ？」

「うーん。きっとその商人は今日は来れなくなったと思いますよ。次は僕が手配しますね。アランと一緒だと、商人の気合も違うようなので私も助かります」

「そうなのか？　……オスヴィン任せにしていたのは、たしかによくなかった」

アナベルとのこととしかり、他にも無意識のうちにベラトリクスを傷つけたことがあったのかもしれない。そこに目を向けずに他人任せにしていた自分を恥じ、アルデバランは素直にそう言った。

「当然です。僕なんて、ものじゃなくて彼女に外出の機会を与えただけで、〝大好き〟といってもらえたのですからね。そろそろ彼女を迎えにいくので失礼します。アラン、周囲にはしっかり気を配ってくださいね。あなたには有象無象(うぞうむぞう)が群がりますから」

「ありがとう。努力する」

アークツルスの瞳がすうっと細まり、剣呑(けんのん)な光が宿る。彼が言いたいことの趣旨を理解したアルデバランは、扉のほうを見遣ると大きく頷いた。

――次に会えたら、彼女ときちんと話をしよう。

あのときどうして怒っていたのか、彼女の口から話を聞こう。

アルデバランは再度手元の手紙に視線を落として、その美しい文字を目で追う。熱心に打ちこんでいた王妃教育さえもパタリとやめてしまった彼女はもう、王妃の椅子にさえ興味をなくしてしまったのだろうか。

今度会えたら。その日には真意を尋ねよう。

〝その日〟がこれから二年後になることも、会えてもなかなか思うように話せないことも、今のアルデバランには想像もつかなかった。

第五章　悪役令嬢は備える

引きこもり令嬢生活を始めてから二年の月日が流れ、わたくしは十三歳の春を迎えていた。

この世界の春も暖かく穏やかで、桜こそ咲いてはいないけれど、あちらこちらで色とりどりの花が咲いている。杉のない世界は最高だ。前世では目薬とマスクを手放せなかったわたくしも、今では心置きなく春の恩恵に与(あずか)れる。

「憂鬱(ゆううつ)だわ……」

そんなとても素敵な春の日に、わたくしは大きくため息をついていた。

食堂に来ているわたくしの前にはソースたっぷりのミルフィーユカツが鎮座していて、息を吸いこんだ瞬間に美味しい匂いが鼻腔をくすぐった。

その香りに誘われるままに魅惑の狐色をフォークで刺せば、ザクリと小気味いい音がする。そのまま口に運ぶと、中からはチーズと香草がトロリと顔を出した。

サクサクの衣と柔らかなお肉、チーズの濃厚さを香草が引きしめてくれていて、飲みこんでしまえば爽やかな香りが鼻を抜ける。

――今日も神がかっているわ。とっても美味しい……！

『薄切りのお肉を何枚も重ねているから柔らかくて、チーズも入っていてとても美味しいんですよ』

この品を薦めてきたミラの言葉に間違いはなかった。というか、この食堂のご飯はどれも美味しいのでハズレなんてないけれど。前世のウスターソースを彷彿とさせる特製ソースは一家にひと樽欲しいくらいだが、残念ながら非売品らしい。無念だ。

「本当に……憂鬱(ゆううつ)……」

心配事をつぶやきつつ、もうひとつのカツも食べて心ゆくまで食事を満喫する。

「ベラ……発言と行動が合っていませんが」

「憂鬱(ゆううつ)だけど、お腹は減るのよ。ウィルもこれを食べてみて、絶品よ！　はい、あーん」

「大の大人にそれはどうかと。では、ひと口だけ切り分けますのでお皿に下ろしてください」

呆れ顔のウィルにミルフィーユカツを差し出すと、冷静にお断りされてしまう。しかし、そのあとにきちんと切り分けて食べたウィルは、「たしかにこれもまた美味ですね」と舌鼓を打った。

「来週から、しばらく食堂にも来られないと思うと嫌だわ」

「えっ、そうなんですか？」

ポツリとまた口に出した言葉は、店員であるミラの耳に入ってしまったらしい。

すっかり常連となったわたくしたちは、お互いの名前もしっかりと認識している。

食堂の近くに貴族らしき馬車があるときは近寄らないようにしているため、侯爵家にとんぼ返りしたことも一度や二度ではない。それでもこの味が食べたくて、別件で下町に来たらついつい立ち寄ってしまうのだ。

「ベラさんの食べっぷり、好きなので見られなくなるのは残念です」

そう言うミラは、本当にさみしそうに眉を下げて、とても可愛らしい。

「わたくしもここのご飯は好きよ。この食堂の料理の発案は副料理長でも、ミラも調理をしているのでしょう？　すごいわ。わたくし何も作れないから」

「ふふ、ありがとうございます」

料理を褒めると、ミラはいつも花が綻ぶようにうれしそうに笑う。その笑顔を見るのがわたくしも好きだ。

「おーいミラちゃん。こっちも注文いいかな」

「はーい、ただいま！　ではベラさん、また今度です」

「ええ、またね」

客に呼ばれたミラは、ペコリと頭を下げるとそちらのほうへ向かう。相変わらず勤勉な少女だ。

わたくしは彼女に手を振りながら、幸せに満ち溢れている食堂の時間が終わることに一抹の寂しさを覚えた。

来週から、ついに学園に行くことになっているのだ。これまで逃げ回っていた殿下やその他の人たちとも嫌でも顔を合わせる。

学園に行くこと自体から逃れるか本気で考えたけれど、婚約解消後を考えると教育は受けていたほうがいいという結論に至った。

「この食堂があるもの。下町で暮らすのも楽しそうね」

ミラが忙しく店内を動いているのを眺めながら、未来の自分へ思いを馳せる。

婚約解消後の未来。わたくしは一体どうなっているのだろう。


「ようこそいらっしゃいました」

食堂を出たその足でダムマイアー商会を訪ねると、商会長のオットーさんが出迎えてくれた。今日は見せたいものがあるといわれていたので、外出のついでに立ち寄ったのだ。

「ごきげんよう、商会長様」

「お嬢様、ささ、こちらへ」

にこにこ笑顔の商会長に奥の小部屋へ案内され、わたくしとウィルはその後ろをついていく。その小部屋には小さな麻袋が置かれていた。

「いくつかの地域で栽培を拡大したところ、お嬢様のお見立てどおり、東方の地域が栽培に適しているようです。こちらは初年の収穫の一部です」

「まあ、成功したのですね！」

その袋に駆け寄ると、中には籾殻（もみがら）のついた穀物――米が入っていた。それを確認して振り返ると、商会長はわたくしを安心させるようにさらに深く笑みを浮かべる。

「はい、まだまだ栽培したてなので安定した供給には及びませんが、今後は流通を視野に入れて動けそうです。輸入に関しては一定の分量を確保出来ております。ロットナー侯爵家の働きかけで東方のレヴィン領の関税が緩和されたことも大きいです」

「よかったわ。栽培に関しては、わたくしは素人だから不安でしたの」

「何をおっしゃいますやら。この短期間で水田の拡大から栽培・収穫まで達成出来たのも、ベラトリクス様の――いや失礼、投資家ベラ様のご支援のおかげです」

「いえいえ、商会長の手腕のなせる業ですわ」

米だ。お米。

米との再会に感動しながら商会長にそう返しながら、わたくしは一年ほど前のことを思い出す。

定期的にロットナー侯爵家に薬や化粧品を納めるようになった商会長。彼がある日難しい顔だったために何気なく尋ねてみたところ、『米』の流通について頭を悩ませていた。

小麦の生産と消費が主流である我が国で、米を見かけることはごく稀だ。たまたま輸入され、他の香辛料とともに市場に並ぶことはあるらしいが、パンやうどんのように主食として食べるには高価すぎる存在だった。

その米をなんとか料理に使えるように流通させ、下町の食堂でも提供出来ないかということが商会長の目下の懸案事項だったらしい。

食堂で、お米料理。それって、最高じゃないかしら。

一瞬でそう考えたわたくしは、思わず身を乗り出していた。

『商会長、そのお話、わたくしも交ぜてくださらない⁉　わたくし個人として、投資いたしますわ』

『えっ』

『お米の栽培範囲はどのあたりかなどの分析は進んでいるのでしょうか？　気候が大切だと聞いたことがございます。東方での二期作は可能かしら。栽培方法を広めてくださる方も必要ね。栽培には時間がかかるから、それとは別の流通ルート……輸入に関してももう少し安価で提供出来るように考えたいところですわ』

『べ、ベラトリクス様、少々お知恵をお借りしても!?』

『ええ、もちろんですわ!!』

食べものへの情熱はとても大きい。目を輝かせるわたくしと商会長は、それから日を分けて何度も何度も話し合いを重ね、米の流通促進のために意見を出し合った。

その結果導き出されたのが、元々稲作が行われていた東方地域で人材の確保により耕作範囲を拡大すること、流通促進のために関税を緩和するという二案だった。

前者についてはわたくしが金銭面において全面的に対応し、レヴィン伯爵家にはお父様を通じて働きかけた。

稲作が普及すれば、小麦が不作の年でも代用品が出来る。

お父様にそんな大層な趣旨を説明して賛同を得たが、実際は何よりお米が食べたかった。

「実現出来たのですね。すごいわ、本当に……尽力してくださった方には感謝してもしきれません」

わたくしは手のひらにのせた米を感慨深く見つめる。

この小さなひと粒を作るのに、時間も手間もかかる。農業は大変な仕事だ。

聞きかじりの前世の知識があったけれど、それがうまくいくかどうかは蓋を開けてみないとわからなかった。机上の空論で提案したり指示をしたりすることに怖さがなかったといえば嘘になる。

だからそんなわたくしに賭けてくださった商会長には感謝しかない。失敗する可能性だって十二分にあったのだ。

「今年の栽培期は、また田んぼを追加で整備して収穫量を増やす予定です。うまくいけば春前には食堂に試しで卸せるかと思われます」

「まあ……！　それは楽しみですわね」

新しい食材を探している食堂の店主がダムマイアー商会に相談し、それにわたくしが出資する。

店主が新たな食材で美味しいご飯を作ってくれたら、わたくしたちはそれを食べて心とお腹を満たせる。食材の人気が出たら、さらなる流通に繋がり、安定供給への道がひらける。

なんて素敵なサイクルなのだろう。本当に心から楽しみだ。そう思ってホクホクと顔を上げると、商会長は満足げに目尻を下げる。

「ええ、本当に。ベラトリクス様のようなお方がこの国の王妃になられることを、一国民として心から楽しみにしております。お身体もすっかりお元気そうで、よかったです」

「え……あ、おほほほほ」

「ははははは」

この聡い商会長がわたくしの置かれている立場を知らないはずがない。以前の振る舞いも、ここ二年のわたくしの様子も、それにきっと顔の広さからいえば王家の情報さえ掴んでいるだろう。

わたくしは曖昧（あいまい）に笑って、今日のところは商会をあとにした。

「——私には、お嬢様が以前語られたことが起きるのがやはり現実とは思えません。お嬢様のことを知れば、商会長のような反応になるものではないでしょうか」

馬車に戻ると、ウィルが唐突にそう切り出した。

食堂でのわたくしの発言を拾っていたのだろう。先ほどの商会ではずっと黙っていたこともあり、急に真剣な黒い瞳を向けられ、少したじろいでしまう。

例の乙女ゲームの話を伝えたときも、ウィルはどこか怪訝（けげん）な顔をしていた。

「でも、こうして逃げ回って殿下と全然会おうとしないし、王妃教育すら受けないダメな令嬢なのに、どうして婚約が破談にならないの？　やっぱり、ヒロインとヒーローたちが出会うまではこの婚約は継続される仕組みなのかもしれないわ」

「ヒロイン、ですか」

納得しない様子のウィルは難しい顔をしている。

殿下がお見舞いに来たいといっても『体調が優れない』の一点張りで断り続け、王妃様への挨拶も手紙で済ませる始末。婚約解消のためとはいえ、わたくしは王家にかなりの不敬を積んでいる。もうばっさり切り捨てられてもおかしくないのに、そうはならないことが不思議だ。

以前のベラトリクスでさえ、あれだけ横暴に振る舞っていても婚約破棄は学園の卒業まで引っ張られていた。だから、これはもうそういうものだと思うしかない。

とりあえず学園でも殿下を極力回避して、婚約者として不適格であることと、ヒロインへは不干渉であることを周囲に知ってもらわないと。

「わたくしが罰されることになっても、侯爵家には影響がないように努力するわね！」

「ベラ様、そのようなことは口にしないでください」

「大丈夫よ。しっかり準備して挑むつもりだもの。転んでもタダでは起きないわ」

極力明るく言ったけれど、ウィルはとても不服そうだった。

馬車が侯爵家の門をくぐる。家に戻ったわたくしは、お父様に呼ばれているらしいウィルと別れて、今度は寮生活に向けてエリノアたちとともに準備をする。

学園ではなんと、寮生活になるそうだ。王都に居を構える我が家は普通に通える距離にあるが、その点については誰も疑問に思ってすらいないらしい。さすが乙女ゲーム世界の設定だ。

とはいっても、ベラトリクスは侯爵令嬢ということで、広い居室が用意されている。さらには侍女も連れていけるらしいので、わたくしが想像していた寮生活からはかなりかけ離れていることは容易に想像がついた。

「ベラ様。こちらはどうされますか？」

エリノアが掲げたのは、ベッドサイドのチェストに大切に保管されているふたつの手鏡だった。

殿下から二年前にもらった手鏡はとてもわたくし好みだったので持っていくとして、問題はもうひとつのほう。

幼いころから大切にしていた古い手鏡に触れると、幼き日のベラトリクスの想いが伝わってくる。

殿下からもらったその日から、とても大切にして毎晩うっとりと眺めていた。温かい記憶がわたくしの中に残っている。

本当に殿下のことが大好きだったのだ、ベラトリクスは。

少なくともそのころのわたくしはまっすぐに殿下を見ていた。それがいつから、殿下に対してもあんな攻撃的な振る舞いをするようになったのだっけ……

何かきっかけがあったはずなのだけれど、肝心なことは何も思い出せない。まるで、ベラトリクスが記憶に蓋をしているかのように、何も浮かんでこないのだ。

わたくしはその古い手鏡をそっとなでたあと、トランクの大切な物入れに詰めこんだ。

「……あっ、そうだわ！　そういえば、学園にはエリノアとグレーテのどちらがついてきてくれるのかしら？」

作業が終盤に差しかかったころ、働く侍女たちをぼんやり眺めていたわたくしはあることに気がついた。

ここまで何も疑問に思っていなかったくらい、当然そうなるものと踏んでいた。乙女ゲームの画像で、ベラトリクスの背景にぼんやりとしたメイド服姿があったはずだ。

だというのに、当のふたりはびっくりした顔で目を合わせたあと、わたくしのほうに顔を向ける。

「あの、ベラ様。学園にはウィリアムが帯同すると旦那様から聞いております」

おずおずと話し始めたのはエリノアだ。

「えっ、でも、ウィルは男性じゃない。女子寮でしょう？」

「はい。でもお嬢様、ウィリアムならなんでも出来ますし、安心ですね」

「ウィリアムさんズルい！　私もお嬢様とご一緒したかったです～！」

エリノアもグレーテも、ウィルの帯同を当たり前のように受け止めている。

わたくしだけが、狐につままれたような顔をしていたに違いない。悪役令嬢の執事だなんて、そんな映像あっただろうか。

……まあでも、ウィルなら大丈夫でしょう！　乙女ゲームのことを打ち明けた彼が一緒なら安心だもの。

◆　閑話　侯爵家の執事　ウィリアム　◆

――一体、なんの話だろうか。

ベラトリクスとの下町巡りからの帰宅直後、彼女の専属執事であるウィリアムは侯爵直々に呼び出された。

緊張の面持ちで書斎の扉を叩く。

「旦那さま、ウィリアムでございます」

「おお、待っていたよ。入りなさい」

執務室へ入ると、重厚な執務机の前に侯爵が腰かけていた。その横には先輩執事であり、この家の家令であるセバスチャンがピシリと背筋を伸ばして立っている。

このふたりが揃っているということは、とても重要な話で間違いない。ますます緊張度が高まってくる。

ベラトリクスとともに庭いじりをすることが日課になっているが、それだろうか。いや、やはり下町に入り浸っていることが問題になっているのだろうか。全部今更だが。

それとも……？

当のベラトリクスが明日から学園に入るため、帯同しないウィリアムは彼女の専属執事としての仕事は一旦終わりとなる。

まさか、最悪このまま解雇を申しつけられるのでは。

思い当たる節が有り余るウィリアムは、どの粗相を責められるのだろうかと頭痛に苛(さいな)まれながらふたりの前に立った。胃もキリキリする。

「やあ、ウィリアム。いつもベラの世話をしてくれてありがとう」

「ウィリアム。あなたの献身はよく見ていますよ」

「は………い……？　ありがとうございます」

予想に反して、ふたりから紡がれたのは柔らかい言葉だった。

拍子抜けしたウィリアムは、おかしな返事をしたまま立ち竦(すく)む。

たしかに世話をしているといえばそうだが、最近は一緒に食堂でご飯を満喫しているし、話題のパティスリーの列に並んだり、孤児院でベラトリクスを見守ったりすることは、まったくもって苦痛になるような業務ではない。どちらかといえば、楽しんでしまっている。

以前のベラトリクスに振り回されたならば疲労困憊（ひろうこんぱい）ともなっただろうが、現在のベラトリクスに対して気疲れはまるでない。

普通の令嬢の過ごし方でないとウィリアムも重々承知しているが、彼女らしく生きる姿には好感さえある。

「それでねぇ、ウィリアム。君に相談があるんだ」

「はい。なんなりとお申しつけください」

笑顔の侯爵に、ウィリアムは綺麗に礼をした。

どんな話だろうか。顔を上げた彼に、侯爵はさらに笑みを深める。

「可愛いベラが、ついに学園に行くだろう？　そこでだね、君にもついていってもらいたいんだよ。ほら、寮生活は何かと心配だしね」

その言葉に一瞬呆気（あっけ）に取られたウィリアムは、すぐに正気を取り戻した。

「旦那様、お嬢様が入られる寮は女子寮ですよね？　慣例であれば、侍女が付き従うものだと聞いております。寮には他のご令嬢もいらっしゃいますし、私の存在はご迷惑になるのではないでしょうか」

通常であれば、学園で令嬢たちの世話を焼くのは侍女の役目だ。執事を連れていったなんて話はこれまで聞いたことはない。

てっきりエリノアかグレーテあたりがついていくのだろうと考えていたウィリアムにとっては、まさに晴天の霹靂（へきれき）だった。

言い募るウィリアムを尻目に、ベラトリクスと揃いの赤髪の紳士は、楽しそうに印の押された文書を掲げた。

「実は、もう許可を取っちゃってるんだよねぇ～。ほら見てごらん、学園長直々のサインだよ」

侯爵がどうやってその許可書を入手したかはウィリアムの想像が遠く及ばない話だが、横に立つ家令がため息をついたように見えた。気のせいだろうか。

「……そういうことだ、ウィリアム。ベラトリクス様はもちろん特別室に入られる。手伝いのメイドも必要なら選定しよう。侍従用の部屋も手配済みだ」

「は、はい。セバス様。承知いたしました」

「うんうん。ではウィリアム。ベラトリクスを頼んだぞ。本当に本当に頼んだぞ。変なことをしないかしっかり見張っておいてね」

「お任せくださいませ」

——旦那様がこうして特例で自分を遣うのは、きっと何か深い意図があってのことだろう。

そう納得した彼は、再度頭を下げて退室する。

こうしてウィリアムは、学園でもベラトリクスの随行を務めることになった。

◆　◆　◆

ウィリアムが退出して扉がしっかりと閉まる音がしてから、セバスチャンは大きく息を吐いた。

「どうしたセバス。息苦しいのか？　持病の薬は飲んでいるか？」

「……ご心配ありがとうございます」

どこかうれしそうな侯爵の声にそちらを一瞥すると、悪戯が成功した子どものような顔をしていた。彼を幼いころから見守ってきたその家令は懐かしさに目を細める。

「ウィリアム、びっくりしていたなあ。直前まで黙っていた甲斐があったというものだ」

「私めは、ウィリアムが目を白黒させているのが不憫でなりませんでしたよ」

「だがしかし、可愛いベラを手元から離すのだぞ？　しっかりとした者に見守っていてもらいたいだろう。ウィリアムは責任感も強いし、よく出来た男だから私も安心だよ」

うんうん、と満足そうにしている男を見ながら、セバスチャンは先ほどウィリアムが退出していった扉を眺めた。

最後に何か決意したように、意を汲んだとばかりに力強く頷いていたウィリアムのことを思い出す。

少年のころに引き取られてから十数年ともに過ごした彼は、随分と立派な青年になった。侯爵家の家令としての仕事を引き継ぐならば彼しかいないと思っている。

ベラトリクスの癇癪が年々ひどくなり、手をつけられなくなってきたころにもウィリアムとエリノアだけが懸命に彼女に仕えていた。

その真面目さを知っているセバスチャンは、もう一度ため息をつく。

「ウィリアムには、どこぞの子息たちがベラに不用意に近づかないように牽制してもらわねばな。

殿下も含めて、ベラの相手は私が吟味する。今度は失敗しないぞ……！」

「旦那様」

「そうだ、今気づいたが、婿を取ればベラはずっと家にいてくれるのでは……？」

「旦那様、お戯れが過ぎますよ」

侯爵の発言があらぬ方向に行きかけたところでセバスチャンはしっかりと釘をさす。

冗談だよ、と言う侯爵は、コホンと一度わざとらしく咳払いをする。

「――最近、エックハルト侯爵家が何やらきな臭いらしいとクルト伯爵から聞いていてなぁ。あそこの娘もベラと一緒に進学することになるからな。用心のためさ」

「エックハルト侯爵家、ですか」

「ああ。それにしてもクルト伯爵家の子息は優秀だ。うちもいずれベラが嫁いだあとを考えて、優秀な養子を取ることも考えないとなあ～」

「……そうですね。選定を進めましょう」

「うん、頼んだよ、セバス」

そう笑う侯爵の笑顔はどこか寂しげに見え、セバスチャンも同様に一抹の寂しさを覚える。

「あっ！」

「どうかしましたか？」

一転して、侯爵の瞳が少年のような輝きに満ちる。長年ともに過ごしてきたセバスチャンは、彼がまたとんでもないことを思いついたのだと直感でわかる。

「もし王家に嫁いだとしても、ベラの子どもがふたり以上だったら、ひとりはうちにもらったらいいんじゃないか。王になれるのは、第一王子と決まっているわけだし。第二王子はどうせ臣籍降下するんだから、侯爵家を継いでもらっても問題はないだろう……うん、それがいい。リチャードにも念押ししておこうかな」

ベラトリクスが王子を拒んでいる現状で、それでも侯爵は自らの発言にうんうん頷いて満足そうな顔をしている。

リチャードというのはこの国の王である。侯爵と国王は旧知の仲で、十八年前にこの国で起きた大きな事件のときも侯爵は第一王子だった友人への協力を惜しまなかった。

それはもう大変だった。セバスチャンも当時のことを思い出して遠い目になる。

現国王である第一王子と現バートリッジ公爵である第二王子の勢力争いが起きたのだ。

それを陰で煽っていたのが当時の宰相だった。

宰相は、第一王子派、第二王子派の双方に協力者を送りこんでいた。双方に偽の情報を流したり、あるいは規制したりしてそれぞれの派閥を煽り、結果として第二王子が何度も暗殺されかけるという状況だった。

第一王子派の先頭に立っているように見えた宰相だったが、彼はどちらの派閥が勝とうとも関係がなかった。狙いは第一王子と第二王子の共倒れ。残った姫君に自分の息子をあてがって、摂政としてこの国の実権を握ろうとしていたのだ。

そのことが白日のもとに曝されると、宰相が当主だった侯爵家は取り潰され、本人は投獄。一族も皆貴族籍を剥奪された。

その際、複数の貴族家にも余波が広がった。それはこのロットナー侯爵家も例外ではない。

当時の家長であった侯爵——現侯爵の実父である——は、第一王子派として苛烈に活動していたため、爵位を息子に譲って蟄居することとなった。

当時の侯爵はまだ二十歳になったばかり。若くして家を継いだ家長を、セバスチャンは誠心誠意支えてきたのだ。ちなみにエックハルト家が伯爵家から、空いた侯爵家のポストに陞爵したのもこのときだ。

「……ベラトリクス様の、お子様ですか」

どこかウキウキとしている侯爵の言葉にいろいろなことを思い出したセバスチャンだったが、最終的には明るい将来を想像して顔を綻ばせる。それは楽しそうだ。その子の成長を見届けるためにも、まだまだ長生きする必要がある。

「そのあたりの手続きについても調べておきます」

そう腰を折りながら、セバスチャンは楽しそうな未来に思いを馳せた。

第六章　悪役令嬢は再会する

週が明けて、ついにこの日がやってきた。

今日はいよいよ、入学式だ。

気が重い。とっても行きたくない。しかし。

「……では、行ってくるわね」

わたくしが神妙な顔でそう言うと、ウィリアムはいつもの穏やかな笑顔で応える。

貴族子息たちも集まり始めた中、わたくしはウィルを連れ立って講堂の入口まで来ていた。

他の令嬢たちとは違い、こんなところまで従者を連れているのはわたくしだけ。それで周囲の視線を集めているのは間違いない。これも特例なのだろうか。

あれから慌ててお父様に話を聞きにいくと『そうそう。帯同はウィリアムでも大丈夫だって許可も取っておいたから、安心して学園生活を送っておいで』と呑気なことを言われた。

こうして貴族が集まる場に来たのは久しぶりで、緊張してしまう。

朝からエリノアがセットしてくれた髪は緩やかなカールを描き、昔のようなどぎつい化粧もしていない。これまで病弱で通していたわたくしだから、学園ではお淑やかに振る舞う必要があるのだ。

一度振り返ると、ウィルは離れた場所からまだこちらを見てくれていた。

その姿に安心して、わたくしは講堂に足を踏み入れた。

——わ、これ、見たことあるわ……！

ドーム型に抜けた高い天井。アーチを描く窓から差しこむ陽光で、講堂の中はとても明るい。眼前に広がるその壮観な景色は、初めて見たのに見覚えがありすぎる。

もちろん、乙女ゲームのオープニングの風景だ。

正しいゲーム開始は今日から一年後のヒロインの入学式だから正確にいうと違うが、この風景が一年で変わることはないだろう。

「……いよいよね」

小さくつぶやくと、実感が湧いた。わたくしにとって正念場ともいえる学園生活の火蓋がついに切られたのだ。

ずっと立っていると目立つだろうから、まずはこっそり気配を消しておかないといけない。

そう思って急いで端のほうの席を探していると、不意に声をかけられた。

「おや、ロットナー侯爵令嬢。お加減はもうよいのですか？」

肩の長さの淡い金髪に青色の瞳、天使のような造形を持つこの人は、クルト伯爵家のアークツルス様だ。かなり優秀で、アルデバラン殿下の側近を務めているという。

さらには例のヒロインの義理の兄で、攻略対象者のひとりでもある。

「まあ、アークツルス様。お久しぶりでございます。体調は随分とよくなりましたわ」

わたくしはニコリと微笑むと、彼に挨拶をした。

会うのはあの激高したお茶会以来だ。あのころはなんの肩書きもなかった彼だけれど、今はもう違う。出来れば婚約者と同じくらい避けたい相手だったけれど、会ってしまったものは仕方がない。

「顔色もよさそうですね。これまでなかなかお会い出来なかったので、心配しておりました」

「ふふ、ありがとうございます。家でゆっくりと療養した甲斐がありましたわ。皆様のお見舞いもお断りしてしまって……とても心苦しかったのですけれども、治療に専念いたしましたの」

「……お会いしないうちに、ロットナー嬢は、随分雰囲気が変わられましたね」

「アークツルス様にも、以前はお恥ずかしいところばかりお見せしていましたものね。わたくしも反省しきりですわ」

「いえいえ、そんなことはありませんが……ご令嬢がますます魅力的になったことはたしかです」

「まあ、お上手ですわね。お褒めいただき恐縮ですわ。ふふ」

「いえいえ、事実を述べたまでです」

――どうしてアークツルス様は会話を切り上げないのかしら⁉

早く立ち去りたいのに、出来ない。

あはははうふふと愛想笑いの応酬をしながら、わたくしは内心焦っていた。笑顔を貼りつけながら、同様に天使のような笑顔を向けてくるアークツルス様に焦れてしまう。

「では、わたくし、そろそろこのあたりで失礼いたしますわね」

「おや、もう少し話していたかったのに、残念です。……では、また」

堪えきれなくなって別れの挨拶を告げたわたくしを、アークツルス様はあっさりと解放してくれた。

早く、早くどこか目立たない席に行かないと。

そう思ったのに、少し遅かった。

「ベラトリクス！」

「あ、アルデバラン殿下……」

名前を呼ばれたほうに顔を向けると、息を切らせた殿下がそこに立っていた。

……二年前より、背が伸びたのかしら。

視線が交わると、アルデバラン殿下の目線が記憶より頭ひとつ分高くなったように感じた。わたくしがこの状態になってから、実際に会うのは初めてだ。お互いに成長したのだろう。

ただ久しぶりに会っても、その立ち姿はやはり王子様だ。

さらさらと輝く金の髪に、王族特有の紫の瞳。彫像のように整った顔立ちの第一王子は、当然ながら攻略対象者筆頭だ。

いや、本当の王子だから王子なのだけれど……と頭の中は混乱しながら、わたくしは平静を装う。

彼の表情は固い。乙女ゲームでも、序盤でしか見ることのない顔だ。割とすぐにヒロインに陥落する彼は、ゲーム上では笑みを絶やさないキャラクターだったはず。

天真爛漫(てんしんらんまん)なヒロインをいじめる悪役令嬢(ベラトリクス)は、真面目でまっすぐな彼にとって、最も忌むべき存在となっていくのだ。

この場をどうやって切り抜けようかと思案していると、彼のそばに立つアークツルス様と目が合う。そしてにっこりと微笑まれて、わたくしは彼が時間稼ぎをしていたことを察した。道理で、目が笑っていなかったわけだ。

「その……体調は、どうだ」

「先ほどアークツルス様にも申しましたけれど、随分といいですわ。学園でも穏やかに過ごしたいと思っております」

「……そうか。よかった」

緊張した面持ちのアルデバラン殿下は、わたくしがそう伝えるとどこか安心したように頬を緩めた。本当に心配をしてくれていたかのような仕草に、わたくしの胸はチクリと痛む。

「直接のお礼が遅くなりまして、本当に申し訳ございません。いつもお花や贈りものをありがとうございます」

こうして出会ってしまったけれど、会わなかった期間にも彼が律儀に贈りものをしてくれていたことは事実だ。わたくしはそれに対してお礼をする。

騙していることに心苦しさはあったけれど、病気になる前のベラトリクスへの塩対応を思うと、その贈りものをどう捉えていいのかわからずにいる。

出来るだけ波風を立てぬようにお母様直伝の淑女スマイルを浮かべると、彼の紫の瞳が一瞬だけ見開かれたような気がした。

「……礼には及ばない。それで、ベラトリクス。君に話が――」

「まあ、アルデバラン殿下にアークツルス様、ごきげんよう！」

アルデバラン殿下が何か言いかけたところで、令嬢の塊がわあっとこちらに迫ってきた。

透明人間じゃないのだから、わたくしの姿はしっかり見えているだろうに。それでもわたくしの名を出さないのはあえてだろう。

筆頭はエックハルト侯爵令嬢。それから、その取り巻きの令嬢たち……といったところだ。

というか、彼女を取り巻いている令嬢たちは、かつてわたくしのそばにくっついていた者のような気がする。その証拠に、わたくしがよく見ようと視線を向けると、彼女たちは顔を背けたのだ。

――なんにせよ、これはチャンスだわ。彼女たちが生んだ好機を逃す手はない。殿下との会話が途中だったけれど、これは不可抗力ですもの。先に無礼だったのは彼女たちのほうなのだから、今ならばここを離れても問題はないだろう。

「では、わたくしはこれで失礼いたします」

そっとそう告げて、わたくしは頭を下げてその場から逃れた。

わたくしが去るのを見た彼女たちはどこか勝ち誇ったような顔をしていたが、お門違いだ。むしろありがとうの気持ちを込めてわたくしも笑顔を返せば、また顔を背けられてしまった。

「ひえっ⁉ ベラトリクス様、どうしてこんな後ろのお席に？」

末席にたどりつくと、ちょうど一番端の席が空いていた。座ったところで、隣にいた薄緑色の髪の令嬢にひどく驚かれてしまう。

「あら……もしかして席は決まっていたのかしら。自由席だと思っていたわ」

「い、いえ、自由席ですけれど……」

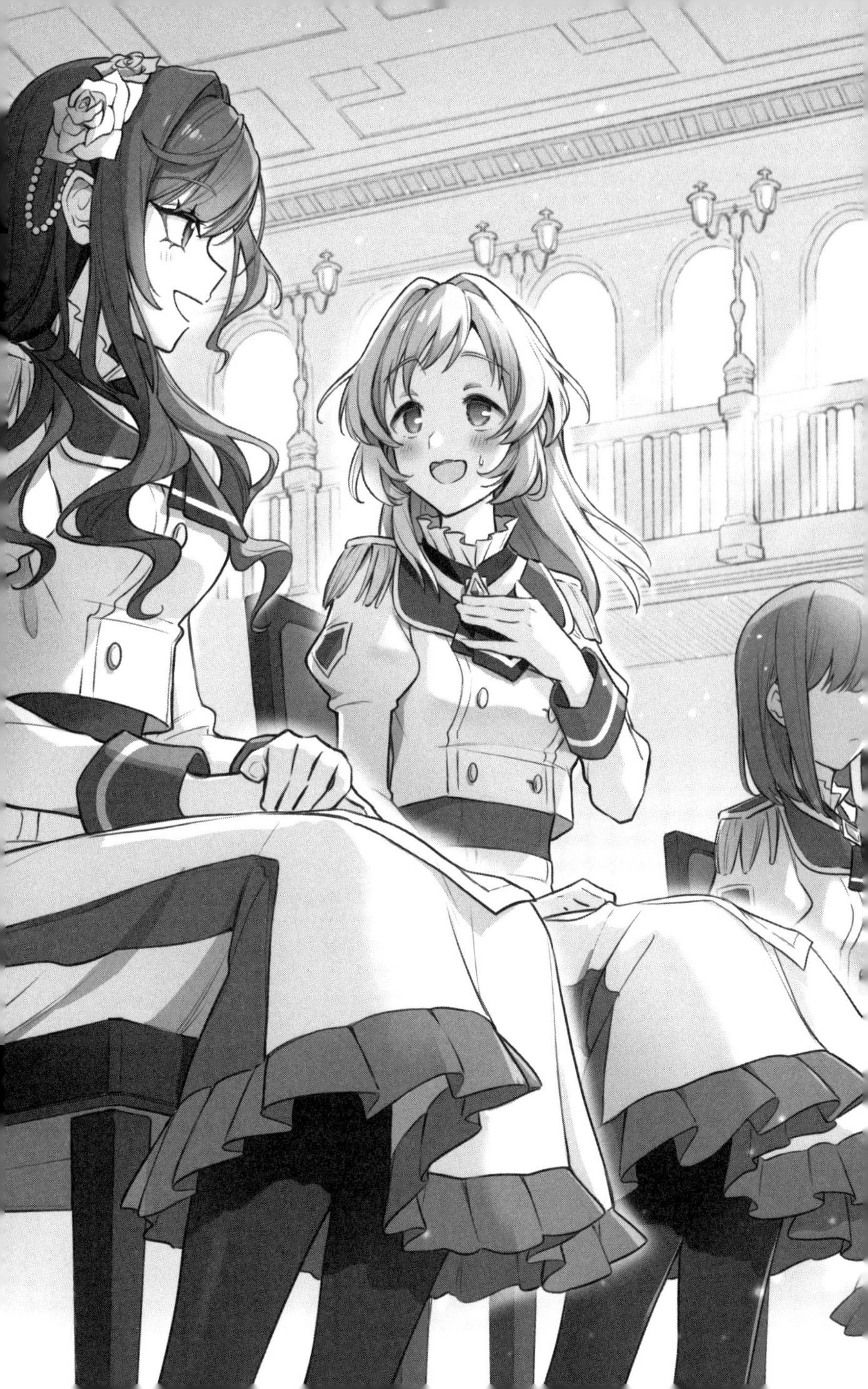

「まあ、よかった。わたくししばらく療養していて不慣れなので、いろいろと教えていただけるとありがたいですわ。まずはお名前をお伺いしても？」

「フィ、フィリーネ・リューベックと申します！」

リューベック。東方の子爵家の名だ。食材の流通ルートを考えるために、貴族名鑑やこの国の地理を頭に叩きこんだ甲斐があった。

「フィリーネ様ですわね。わたくしはベラトリクス・ロットナーですわ」

「もちろん存じております！　私に出来ることならば、なんでもご協力します……！」

リューベック子爵令嬢は、わたくしの登場に驚きながらもにこやかに返事をしてくれた。


少しひと悶着があった入学式からふた月が過ぎた。

いつの間にか春風は少し湿り気を帯びたものに変わり、日中の気温もだんだんと高くなっている。この国に梅雨がないのは救いだ。

この期間、なかなか大変だったけれどなんとかうまくやれていると思う。

アルデバラン殿下から話しかけられたこともあったけれど、当たり障りのない挨拶をしているとどこからともなくケーティ・エックハルト侯爵令嬢とその取り巻き……ご友人の方々に絡まれるため、その隙に逃げ出すというのが定番となった。

おかげで、いつも何か言いたそうにしているアルデバラン殿下と、踏みこんだ話はしていない。

彼女たちの協力には感謝してもしきれない。目的は異なるだろうけれど、現時点では利害関係が一致していて、とても助かっている。

そういえば、拍子抜けしたことがもうひとつ。殿下と同じく畏怖の対象だった公爵令嬢のアナベルは、隣国に留学したらしくこの学園にはいなかったのだ。

ふたりでいるところを見てしまったら、また昔のベラトリクスの感情がぶり返す可能性も捨てきれなかったから、その点もよかったといえる。

「ウィル〜〜！」

「ベラ様、深窓の令嬢はそうやって走らないかと」

「あ、そうだったわ」

今はお昼休み。さっさと教室を抜け出したわたくしは、ウィルと合流して人気のない場所でお弁当を食べる。校舎の東側、カフェテリアから正反対のこの場所は人の流れがなく、のんびりと過ごせるのだ。

「………、……！」

どこからか声が聞こえた気がしたわたくしは、周囲を見渡す。だが、人影はない。

「ねえ、ウィル。何か聞こえない？」

「鳥のさえずりしか聞こえませんが……」

ウィルに聞いても、首を傾げられた。わたくしは手に持っていたサンドイッチを置いて、さらに耳を澄ませてみる。

「……、おやめくださいっ……」

先ほどよりはっきりと聞こえた声に、わたくしはウィルのほうを見る。彼もしっかりと聞こえたようで、神妙な顔で頷き返してきた。

顔を見合わせたわたくしたちは、声のした方向にそろそろと向かう。

突き当たりの校舎の陰になっているところを覗きこむと、ケーティの取り巻き令嬢たちがひとりの令嬢を取り囲んでいる。

「あなたのような貧相な令嬢にはこんなもの似つかわしくありませんわ」

「もしかして、盗んだのではありませんこと？　だって、ねえ？」

「それは、お父様からいただいた大切なものなのです……！　お返しくださいませっ」

「男爵令嬢風情が、盾つかないでくださる？」

絵に描いたような光景に辟易とする。

取り巻きたちは子爵や伯爵令嬢、そして囲まれているほうは男爵令嬢だ。身分を笠に着て、嫌がらせをしているらしい。

取り巻き令嬢たちに何かを取り上げられた男爵令嬢は泣きそうな顔ですがりついているが、彼女たちはいやらしい笑みを浮かべるだけでそれを返そうとはしない。

彼女たちには殿下のことで感謝していたけれど、こんな振る舞いは容認出来ない。

「何をなさっているのかしら。学園内に泥棒がいるなんて、嘆かわしいことですわ」

考える間もなく、わたくしは彼女たちの前へ出た。

「……な！　っ、べ、ベラトリクス様……」

「わっ、わたくしたちはただ、落としものを拾ったのですわ」

あからさまに動揺した令嬢たちは、そんな苦しい言い訳をする。

「まあ、そうでしたの。わたくしの目には、あなたたちが奪ったように見えましたけれど、違ったのですわね？」

白々しく言って首を傾げると、令嬢たちは途端に青ざめてゆく。

「ひっ」

「今から返すところです！　ほらあなた、拾いなさい！」

「失礼しますわ！」

明らかに狼狽した彼女たちは、取り上げたものを地面に投げ捨てると、一目散に去っていった。

身分を盾にする者は、さらなる身分にも弱いらしい。侯爵令嬢であることに感謝しなければ。

「……傷んではいないようですが。お確かめいただけますか？」

投げ捨てられたものは、大きな翡翠（ひすい）がついたブローチだった。とてもいい品だとひと目でわかる。

それを素早く拾い上げたウィルはハンカチで丁寧に汚れを払い、それから半泣きの令嬢に差し出した。

「ありがとうございます……！」

大きく目を見開いた彼女は、受け取ると大切そうに両手で包みこむ。

「それにしても、彼女たちはわたくしが来なかったらあのまま奪うつもりだったのかしら。そんな野蛮なことを、学園で……？」

侯爵令嬢として、質の高いものは学ばせてもらってきた。家に引きこもってはいたけれど、ちゃんと勉強もした。彼女たちの幼稚すぎる振る舞いは理解出来ない。

――身分が上だったら、弱い者から搾取してもいいというの？　そんなの、おかしい。

「……お嬢様、身体に障りますので戻りましょう」

先ほどのことを思い返して憤っていると、ウィルの冷静な声がする。

――そうだった。わたくしは療養明けの深窓の令嬢だったのだわ。

「では……わたくしはこれで失礼しますわ」

怒りのあまり忘れかけていた設定を思い返し、慌てて取り繕う。出来るだけ儚げに微笑んで、わたくしはその場をあとにすることにした。

「は、はい、ありがとうございます……！」

最後に見た令嬢は、まだ泣きそうな顔のまま、ブローチを大切そうに胸に抱いていた。

「まったく！　エックハルト侯爵令嬢は何をしているのかしら、あんなのを取り巻きにして、しかも野放しにしているなんて！」

ランチ場所に戻ったわたくしは、怒りながら残りのサンドイッチを食べる。

「……ベラ様……食べるか怒るかどっちかにしてください」

以前のベラトリクスのときにもケーティとはそこまで親しい仲ではなかったが、同じ侯爵令嬢として、あの振る舞いを窘めないのはどうかと思う。ケーティ自身はあの場にいなかったから仕方がないにしても、あのような振る舞いや思想はともに過ごしていれば普段から滲み出てくるものだ。

気づかないわけがない。

怒りのままサンドイッチをもうひと口頬張ったわたくしは、ふと思い出した。

ゲームではベラトリクスがあの取り巻きたちを使って好き勝手にしていたのではなかったか。それに、ゲームでエックハルト侯爵令嬢という登場人物を見た覚えはない。

わたくしが逃げたから、代わりにケーティが出てきたということなのだろうか。

「……わたくしの次に殿下の婚約者になるとしたら、やはり彼女なのかしら」

ふと頭を過った考えをポツリとつぶやくと、ウィルは困ったように眉を下げる。

「それは……どうでしょうか。家柄は申し分ないかと思いますが」

「ケーティも侯爵令嬢ですものね」

彼女が王妃に。そう考えると、なんだかモヤモヤしてしまう。

ヒロインが殿下を選ばない可能性はあるし、そうなるとわたくしが婚約破棄されたあとには誰かがその座につく。それがあの公爵令嬢ならまだいいけれど、彼女だったら嫌だ。ますます増長する集団が現れることは想像に難くない。

そこまで考えて、わたくしはハッとした。

「考えても仕方がないことなのにね。わたくしにその資格はないのに」

「ベラ様……」

その役目を放棄しようと努力しているのはわたくし自身のはずなのに、こうして後任の人の選り好みをするなんておかしな話だ。それこそ何様なのだろう。

「この話はやめましょう！」

急に恥ずかしくなったわたくしは、ベンチから立ち上がって大きく伸びをする。

「……私は、ベラ様こそ王妃にふさわしいと思います」

「え？　ウィル、何か言った？」

「いえ、何も。さあでは、午後の授業も頑張ってくださいね、お嬢様」

昼食を片づけているウィルが何かをつぶやいたけれど、うまく聞き取れない。

聞き返してもにっこりと追及を阻まれてしまい、その言葉をわたくしは知ることが出来なかった。


心の中に矛盾を抱えたまま日々を繰り返し、季節は一巡して学園は春休みに入った。

「また春がくるのね」

ロットナー侯爵家の自室にて窓の外を見ながら、わたくしはぼんやりとつぶやいた。

長い間枯れ木となっていた木々には少しずつ芽吹きの兆候が見える。外套がいらないくらいに温かい日も増え、庭師のカールさんも春の庭園に向けて忙しなく準備を進めている。

「――お嬢様、本当によかったのですか？」

ウィルがそう問いかけるものだから、わたくしは窓の外を見るのをやめて彼のほうを振り返った。

「ええ。お茶会には行かないわ。王宮に手紙を届けてくれてありがとう」

「ですが……今回は殿下から直々に招待状が届いておりましたし……それに、贈りものも」

ウィルがチラリと視線を向けた方向には、可愛らしい花束と開けたままにしている手紙が置いてある。

今日はまた王宮でのお茶会の予定だった。その招待状だ。

学園の春休暇を利用して開かれており、今回は大規模なもののようなのだが、わたくしは例の如く欠席することにした。そのための断りの手紙をウィルに届けてもらったところだ。

「いいのよ。今さらわたくしが行ったところで、何も変わらないわ。本番はこれからなのだし。アナベル嬢がいない間の代用品なのかもしれないじゃない」

「……殿下のご様子も以前と変わられたと思います」

「ウィルは随分とアルデバラン殿下の肩を持つのね？　この話はもういいわ。せっかくの休暇だけれど今日は外出出来ないのだから、大人しくしておくの。なんだか眠たいし」

成績が優秀だからという理由で秋には生徒会のメンバーに入れられてしまったが、なんとか殿下や側近とは距離を取れていると思う。彼らも常に真剣に仕事をこなしていたし、黙々とやればすぐに作業が終わるから効率もよかった。

生徒会入りを目論(もくろ)んでいたらしいエックハルト侯爵令嬢たちからはしばらく目の敵(かたき)にされたが、おそらく彼女たちがいたら騒がしくなっていたことだろう。

――食堂は、そろそろ米の入荷が出来ているかしら。新メニューができていたりとか……

今年の米の収穫も上々だと商会長から聞いている。

せっかくのまとまったお休みだから、食堂のご飯を満喫しようと思ったのに、お茶会で往来が増えそうな今日はそれも出来ない。

「ねぇウィル……今日はとても寒いわね……？」

それにしても、外にいるカールさんたちが薄着だというのに、わたくしは震えるほどに寒い。それになんだか身体もだるいのだ。

「！　ベラ様、お風邪を召したのではありませんか？　すぐにお休みください」

ぶるりと震えながら両腕を抱くようにすると、わたくしをまじまじと見たウィルが、ぎょっとした顔で近づいてきた。

「風邪……？　そんなはずはないわ。わたくし健康優良児で、小学生のときは皆勤賞だったのよ」

「何を言っているのかわかりませんが……ああほら、熱いです。私がついていながら、不覚です。いいですか、大人しく横になっていてくださいね。すぐにエリノアたちを呼びます」

わたくしをひょいと抱えあげたウィルは、壊れもののように大切そうにベッドに下ろすとものすごいスピードで走り去っていった。

わたくしはごろんと寝転がってベッドの天蓋（てんがい）を見上げる。

「まさか……本当に病気になるなんて。病は気からとはいうけれど、嘘をついて殿下のお誘いを断った罰なのかしら」

風邪だと気づいてしまえば、急に息苦しくなり、ぼうっとしてきた。

わたくしは不意に、小さな台にのせられたままのあの小さな花束を見る。

お茶会は今までさんざん断ってきたけれど、誘いの手紙に花が添えられていたのは初めてだった。

——最近ますます、殿下のことがわからないわ。

大切にされているようで戸惑ってしまう。もしかして、とも思うけれど、期待をしてあとで裏切られるのは嫌だ。あと一年、この一年を平穏に過ごせたならばそれでいい。

わたくしはヒロインをいじめるつもりもないし、婚約解消を受ける準備は出来ている。お父様にだって、きちんと言っているのだ。

——このまま何事もなく、殿下もヒロインも、それにわたくしも……皆が幸せになれるようなエンディングが用意されていたらいいのにね。

どうせなら、ヒロインのようにこの世界で大切な人に出会いたい。ひたすらに婚約者を愛したベラトリクスが少し羨ましくもある。

「お嬢様、お召し替えに……、あら」

エリノアがわたくしの部屋に駆けつけたとき、いろいろと考えこんでいたわたくしは、すでに夢の世界へと旅立っていた。

目を覚ますと、部屋には夕陽が差しこんでいた。

「あら、もう夕刻なのねえ……」

ぼんやりとしながら身体を起こすと、多少ふらふらする。そして、非常に喉が渇いた。ぎゅっと痛いほどの空腹も感じる。

ベッドサイドに置かれた水をこくこくと流しこめば、身体中に水分が行き渡る感覚が自分でもわかる。空になったグラスを戻した際、わたくしはふと部屋の違和感に気がついた。

「薔薇の花束……？　我が家にはまだこんな立派なものは咲いていないはずだけれど」

わたくしはそっとベッドから出て、香りに導かれるようにその場所へ向かった。思ったよりも足に力が入らず、フラフラとした歩き方になってしまう。

部屋の中央にある台の上に、真っ赤な薔薇の花が生けられている。どれも大輪で、かなり手入れをしてあることは庭いじり歴二年弱のわたくしにもわかる。

まるで、昔お城で見た薔薇園のものみたい。

……そんなものが、どうしてここにあるの？

「ベラ様！　もう起き上がって大丈夫なのですか？」

薔薇を前にして棒立ちになっていると、ノックとともにエリノアが部屋に入ってきた。それから素早くわたくしのもとへ来て、額にそっと手を添える。

「お熱は下がったようですね。よかったです」

「エリノア。心配かけてごめんなさい。もうすっかり元気よ。ただ、お腹がすごくぺこぺこだわ……？」

そう伝えると、エリノアは眉を下げる。

「まあ。すぐにご用意しますね。丸一日眠っていたのですもの。その前に、湯殿のご準備をいたしましょう」

「丸一日……？　今日は、お茶会の日でしょう？」

「いえ、それは昨日のことです。ベラ様はあれからずっと眠っていたのですよ」

「そ、そうなのね……⁉　ではエリノア、この薔薇はどうしたのかしら。こんな立派なもの、うちの庭にはなかったでしょう」

眠っている間に一日が過ぎていた事実に衝撃を受けながらも、もうひとつ気になることを聞いてみる。どこか胸騒ぎがするのは、この薔薇にどこか見覚えがあるからだ。

「こちらは、アルデバラン殿下がお持ちになりました。ベラ様に、と」

「き、昨日……？」

「はい。昨日です」

「殿下が？」

「はい。旦那様とご一緒に来られて、私たちも驚きました。ふふ、お嬢様のことをとても心配されているのですね！」

知らない。何それ知らない。

うれしそうにしているエリノアを前に、わたくしは混乱しきりだ。熱がぶり返しそうになるくらいには衝撃が走った。

幼いころ、殿下と王宮の薔薇園を散策したことを覚えている。そのときの薔薇は、大きくてとても美しかった。殿下とお話ししたのが楽しかった。そんなささやかなことさえ、ベラトリクスにとっては大切な思い出なのだ。

わたくしはエリノアに言づけて急いで湯浴みと着替えを済ませ、夕食の場でお父様に話を聞こうと心に決めた。

「ずっと断ってたら、逆に怪しいだろう？　私としてもそろそろ婚約について話が出ていいと思うんだが、不思議なことに陛下からはなんのお咎めもないんだよ。まあこれで、ベラが体調不良だと信じてくれただろうね」

夕食の場に現れたわたくしに最初こそ驚いていたお父様だったけれど、殿下の来訪について尋ねると、毒気を抜かれるようなのほほんとした答えが返ってきた。悪役令嬢の両親といったら、もっと権力に燃えて悪巧みをするような気もするが、そうでもないらしい。

わたくしなりに評判を拾って過ごした結果、お祖父様はそれなりに苛烈でワンマンな人だったようだ。しかし、お父様に代替わりしてからは、『ロットナー侯爵は真っ当な領地経営をする真っ当な領主』という評価に落ち着いている。

ベラトリクスの以前の性格は、もしかしたらその祖父譲りだったのかもしれない。

「ひどいわ、お父様……！」

気を取り直したわたくしは、涙目でじっとりとお父様を見つめる。

お父様の気持ちもわかるけれど、寝ている間に殿下が来ていたとなると、わたくしの計画が崩れてしまう。それに何より寝顔を見られるなんて恥ずかしすぎる。

「ベラ、そう怒らないでくれ。ウィル、私からのお詫びの品をこのレディに」

お父様がそう言ったのを合図に、ウィルがわたくしの前にお皿を差し出した。

「ベラ様、これは〝チーズリゾット〟という料理だそうです。料理人たちが奮闘しました」

「まあ……！」

お皿の上では、夢にまで見たお米の小さな粒々が主張していて、ミルクとチーズの香りが食欲をそそる。クリーム色のリゾットにベーコンの桃色がよく映えている。

先日食堂で提供されていた米料理のアレンジレシピらしく、ウィルが必死に頼みこんだ結果、ミラがささっと教えてくれたらしい。才能の塊だ。

そしてそのレシピを元に、うちの料理人たちが四苦八苦しながら作り上げてくれたに違いない。

「すごいわ……！　お父様、ウィル、ありがとうございます」

ふわりと湯気がたちのぼり、ミルクとチーズの優しい香りが空っぽの胃を誘い出す。とても美味しそうだ。

「さあ、食べよう。これがベラが心血を注いでいたコメという穀物なのだろう。私も食べてみたかったんだ」

「ふふ、旦那様ったら。さあベラちゃん、ゆっくり食べましょうね」

「はい！」

わたくしはその日、怒っていたことは一旦置いて、お父様たちとともにチーズリゾットの魅力に陥落した。


それから数日が経ち、わたくしの体調はすっかりよくなった。

春休暇の最終日となってしまった今日、馬車を降りて歩き慣れた道をウィルと進む。食堂で食べたふわとろ卵とトマト味のご飯がとても合っていたオムライスを思い出しながら。

下町の道もすっかり覚えてしまった。路地はたくさん抜け道もあり、たまに怖そうな人たちもたむろしていたりはするが、おおむね治安はいいと思う。それだけ現国王の治世が安定しているということなのだろう。

「おねえちゃん、今日のお話は何？」

「今日は〝いばら姫〟よ。〝シンデレラ〟もあるわ」

いつもの教会に向かうと、孤児院の子どもたちが集まってきた。

学園に行き始めてからはこの孤児院にも頻繁に来られなくなったため、今日は特別だ。学園の放課後を使って書き溜めていたから、いくつか紙芝居も在庫がある。

子どもたちに紙芝居は好評で、初めて披露したときからちょこちょこと新作を描いてはお披露目している。元々は前世でよく読んでいたお伽話(とぎばなし)だけれど、多少わたくしふうにアレンジしているのだ。いばら姫は眠らないいし、人魚姫も泡にならない。

「今日は、みんなにお土産があるのよ」

ウィルが手に持っていた籠を子どもたちの目線に下ろすと、わあきゃあと声が上がる。

「すごいね、おねえちゃん！　ありがとう」

王都で今最も有名な菓子店『パティスリー一番星(エステル)』で購入したお菓子は、どれもキラキラしている。

アップルパイにフルーツタルト、シンプルなチーズケーキ。マドレーヌも、クッキーだって美味しい。お母様もここのアップルパイに目がなく、よく購入しているほどだ。あのお茶会のときの公爵家の料理人が店長を務めているそうだから、間違いない。

「紙芝居を読んだらみんなで食べましょうね。男の子はウィルと鬼ごっこよ」

「『うおおー！　ウィルをやっつけろー！』」

「えっ」

ウィルがちらっとわたくしのほうを見たのは気にしないことにする。

「――そうして、いばら姫は王子様とずっと幸せに暮らしました。おしまい」

ひとつめの紙芝居を読み終えたところで、ふっとため息が漏れた。

殿下に寝顔を見られたなんて一大事件だ。休暇明けの学園で、彼に対してどういう態度を取ればいいのか。

「おねえちゃん、どうしたの？」

「あ、ごめんね、少し考えごとをしていたの。次は……シンデレラにしましょうね」

「うん、おひめさまのお話だいすき！」

女の子たちから向けられるキラキラとした笑顔を見ていると、とても癒やされる。

「おひめさまは、オージサマがぜったいにお迎えにきてくれるんだね、いいなあ」

わたくしも幼いころはとても憧れていた。前世も今世も。

「……ふふ、そうね」

想像よりもずっと穏やかに過ごせたこの一年と違い、今春からは、ついにお姫様（ヒロイン）がわたくしの前に現れる。そうしたら、王子様の興味はそちらに向いてしまうのだろう。

ここまでの物語はおしまい。また新しい物語が始まるの。

「さあ、始めましょうか。みんな、用意はいい？　……とある国に、とても美しく優しい女の子がいました――」

どこか鈍く痛む胸には気づかないふりをして、わたくしは子どもたちに次のお話を読み聞かせることにした。

◆　閑話　王子と執事　◆

同年代の貴族子息たちが集められたお茶会の会場に、アルデバランはいた。

庭園には春の花々と色とりどりのドレスに身を包んだご令嬢たち、美しい菓子が並んでいる。

学園が春休暇に入り、今日は王宮で大規模なお茶会が催されたが、アルデバランが招待状を送った人物は現れなかった。

――どうしてだ。なぜ、ベラトリクスは来てくれない？

貼りつけた笑顔の下で、アルデバランはそう歯噛みする。

ロットナー侯爵家から欠席の連絡があったのは今朝のことだ。それまでに欠席の知らせがなかったため、てっきり今回は来てくれるものだと思っていた。

『体調が整わずに……』と書かれた手紙を受け取って、また逃げられたとアルデバランは落胆した。

学園でも、気がついたら彼女は教室にいない。彼女に話しかけようとすると、エックハルト侯爵令嬢を筆頭とした他の令嬢が集まってきて、その間に姿を消してしまうのだ。

生徒会で一緒になっても離れた場所を選んで座り、黙々と作業を終わらせて迎えに来た執事とともに帰る。

——いつもともにいるあの執事は何者なのだろう。

見目もよく、ベラトリクスも彼のことを信頼していることは傍目にもわかる。あのふたりが並んでいるところを見ると、釈然としない。

あの執事や他の者たちには笑顔を向けるのに、彼女がアルデバランに見せるのは困ったような顔ばかりだ。

「アルデバラン殿下、とても素敵なお召しものですね」

「殿下、こちらのお菓子はとても美味しいですわ。流石（さすが）王宮ですわね」

「ああ、ありがとう」

気もそぞろなまま、令嬢たちに笑顔を向けると、彼女たちは喜ぶ。

いつの間にかアルデバランを守る仮面となった笑顔は、このような場で絶やすことはない。

少し離れた所に佇む弟のレグルスの様子をチラリと見ると、彼のそばには青髪の騎士がいて、何やら話をしているようだった。また城下に出る算段でもしているのかもしれない。

何事もなければこのまま臣籍に下る弟は、幼いころから視察のためにさまざまな場所を訪れており、今でもたびたび城下に出る。

自身とは反対に令嬢たちを冷たくあしらうレグルスの興味は、もはや城にはないように思う。その身軽さが眩しく見えるのは、疲れているからだろうか。

最近、破産寸前まで追いこまれる貴族の話をよく耳にする。時を同じくして、アークツルスからは違法薬物の流通についても話を聞かされ、頭の痛いことばかりだ。

「アルデバラン殿下」

令嬢たちをかき分けてこちらへ来たのはアークツルスだ。アルデバランのそばに来ると、そっと耳打ちするように囁いた。

「どうやらロットナー侯爵令嬢の体調が本当に悪いらしく、侯爵が急いで帰り支度をしているようです」

なぜ知っている。そう思ったが問わなかった。おそらくは間諜を通じて情報を得たのだろう。本当に末恐ろしいほどの情報通だ。

実は二年前、アルデバランの側仕えとして長年務めていたオスヴィンが、横領をしていることを見抜いたのもこのアークツルスだ。

ベラトリクスに贈ったつもりになっていた品々は、彼女の手元には届いておらず、彼の懐に収まっていたらしい。

届いてもいない贈りものを、ベラトリクスが身につけることが出来るはずもない。勝手に拗ねて、彼女に素っ気ない態度を取っていたことを思うと胸が苦しくなる。

『人任せにしたら、その贈りものが本当によいものでも、その人のもとに届いたかどうかわかりませんからね』

あのときアークツルスが言っていたのはこのオスヴィンの横領のことで、彼は城仕えを始めて日も浅いうちに、オスヴィンの様子がおかしいことに気がついていたのだ。

この一件は、今後国を統べるものとしての慢心と、脇の甘さを思い知らされた。まさか父の代からの忠臣だと思っていた者が裏切るなど、考えもしなかったのだ。

『お金の他にも目的がありそうなので、オスヴィンの処遇は私のほうで預かりますね』と言っていたアークツルスの黒い笑みを思い出す。オスヴィンは密かにアルデバランの側仕えとしての任は解かれ、アークツルスのもとに配置換えとなった。

それからアークツルスの助言を受けて贈りものを用意するようになると、たしかにベラトリクスから返事の手紙も届くようになった。

「ベラトリクスは、大丈夫なのか」

「そこまでは。アランが直接確かめてみては？　侯爵はまだ城にいますので」

「わかった」

アークツルスはにこにこと微笑んでいる。

示し合わせたように軽く頷いたあと、アルデバランは初めてお茶会を途中で抜けることにした。

「レグルス。私は急用が出来たので退席する。あとは任せた。アークもいるから」

「あ、ちょっと、兄上⁉」

弟のレグルスに半ば強引にあとを任せて、そのまま踵を返して侯爵のもとへ向かう。

レグルスの驚いた顔が、とても印象的だった。

ロットナー侯爵家に到着すると、家主とともに現れたアルデバランに使用人たちは驚きを隠せないようだった。当然のことだ。

「旦那様、お帰りなさいませ。……っ、アルデバラン殿下……⁉」

慌てて深々と腰を折る者たちに、アルデバランは会釈をする。

そこには例の執事の姿もある。

「ウィリアム。ベラトリクスの具合はどうかね？」

侯爵が尋ねると、執事は胸に手を当てながら腰を折る。

「はい、熱が高く、たまに咳きこんではおりますが、侍医の見立てでは薬を飲んで一晩ゆっくり休めばよくなるだろうとのことです。今は眠っております」

「……だ、そうですよ。殿下」

侯爵に視線を向けられ、アルデバランはふたりの表情を窺う。

ベラトリクスの見舞いをしたいというアルデバランの急な申し出に驚いていた侯爵だったが、こうしてここまで連れてきてくれた。これまでの見舞いが断られていただけに、侯爵のそのあっさりとした回答に驚きはしたが、じわじわとしたうれしさが込み上げてくる。

「……ひと目だけでも、彼女の様子を見ても、いいだろうか」

そうしたいと思った。顔が見たいと。

こんなに素直な気持ちを口にするのは久しぶりで、断られたらという不安もある。

侯爵をまっすぐに見つめると、執務のときと一変して柔らかく笑む。

「ええ。ウィリアム、お連れしなさい」

「はい。承知いたしました。アルデバラン殿下、こちらへ……」

拍子抜けするほどあっさりと、彼女への来訪を許される。

アルデバランは黙って執事のあとをついていく。幼いころ、何度か遊びに来たことがある侯爵家に、こうして足を踏み入れるのは数年ぶりだ。

「こちらでございます。お嬢様、失礼いたします」

「……邪魔をする」

部屋に到着すると、赤髪の少女がベッドですやすやと安らかな寝息を立てていた。

――よかった。本当にひどくはなさそうだ。

思ったよりもベラトリクスの顔色が悪くないことに安堵のため息が出る。それと同時に、今朝は彼女の病欠が嘘ではないかと疑っていた自分を恥じた。

「……ベラトリクス、すまない」

安らかな寝息を立てる彼女から、当然返事はない。

相手が寝ているとはいえ、こうして逃げられずにそばにいることは久しぶりだ。

思わずじっと彼女を見てしまう。伏せられたまつ毛は彼女の肌に影を落とし、陶器のように滑らかな白肌に、赤髪が映えて――

「殿下？」

ウィリアムに声をかけられて、アルデバランは慌てて視線を逸らした。

眠っている令嬢をじっくりと観察するだなんて、失礼が過ぎる。

「顔色は悪くなさそうだ。たしかに快方に向かいそうだな」

まだ胸がばくばくと騒がしい。内心かなり慌てながらベッドサイドを見ると、そこには見覚えのある手鏡がふたつ、整然と並べられていた。

それはどちらも、アルデバランが手ずから選んで贈ったものだ。

ふと振り返ると、部屋の花瓶には朝に贈った花も飾られている。手紙では『綺麗なお花をありがとうございます』と書かれていたが、きっと捨ててしまっているのだろうと思っていた。

こんなふうに、彼女の自室に飾られているとは想定していなかった。

「はい。殿下がこうして訪ねてきてくださったので、さらによくなるかと」

ウィリアムは穏やかに微笑む。当てつけのように言っているわけではなく、本当にそう思っているかのようだった。大人の余裕を感じて、少しだけムッとしてしまう。

――彼女は、私からの贈りものをずっと大切にしてくれていた。

それなのに私ときたらどうだ？

勝手に怒って、突き放して、それなのにこうして距離を置かれるとどうしようもなく彼女のことが気になってしまう。なんと尊大で、自分中心なのだろう。

「……っ。私が長居しても困らせるだけだな。執事、これをベラトリクスに。身体を大事にするよう伝えてくれ」

アルデバランはかぶりを振ったあと、手に持っていた薔薇の花束をウィリアムに手渡した。王宮の庭園から拝借したものだ。

「はい、承りました」

ベラトリクスの執事としっかりと視線が合い、優しげなその眼差しに負けまいと力を込める。

「……殿下、どうかされましたか？」

すると、なかなか薔薇から手を離さないことを不思議に思われてしまった。

ベラトリクスの見舞いを終えたアルデバランは、急いで帰路につく。

エントランスに下りるとすでに馬車は外に用意されており、急に来訪したにもかかわらず、温かく迎えてくれた侯爵家の気遣いには感謝の念に堪えない。

「……ベラトリクス、私は――」

心臓の高鳴りがなぜだか収まらない胸に手を当てながら、アルデバランは馬車に揺られた。


城に戻ると、会いたくもない人物が執務室の前でアルデバランを迎えた。

「おや、殿下。茶会を切り上げてどこに行かれていたのですかな？」

でっぷりとした身体を包みこむ派手すぎる服に宝石類……近年勢力を増していると噂されているエックハルト侯爵その人だ。いやらしい笑みを浮かべるその顔を見て、ベラトリクスとのことで浮かれていた気分はあっという間に霧散した。

そばにはオスヴィンがいて、アルデバランが剣呑な視線を向けるとビクリと肩をゆらし、目を逸らす。

ここに手引きをしたのはオスヴィンで間違いなさそうだ。アークツルスが探ると言っていたオスヴィンの『本来の雇い主』は状況から見てエックハルト侯爵の可能性が高い。

「私がどこに行こうと貴殿には関係はないでしょう」

「ははは、これは手厳しい。いえいえ、わざわざ王宮で茶会があったのに、自分の娘をかまってもらえず寂しく思う父親の戯言だとお聞き流しくださいませ」

「……それは、ご令嬢には申し訳ないことをしました」

「まあ、今回は珍しくレグルス殿下とお話しする機会をいただけたので逆によかったですなあ。ははは」

エックハルト侯爵は悦に入ったように笑っている。結局のところ、ここに何をしに来たのかが不明だ。

「何が言いたいのです？」

いら立ったアルデバランがそう言うと、エックハルト侯爵は大きく張り出した腹をなでながら挑発的な表情でアルデバランを見た。

「ロットナー侯爵令嬢のお見舞いに行かれたのでしょう？　お加減はいかほどかと思いましてねぇ。あまり病弱な娘は、王家に嫁ぐ資格がないと王にも進言しようかと思っているのですよ。子を産む義務が果たせないようでは、王妃なんてとてもとても。婚約者の再考も考えたほうがよろしいのではないかと。私なりに、この国の行く末を憂いているのです」

「は……」

このエックハルト侯爵が野心家であるとはアルデバランにもわかっている。虎視眈々と王家の遠戚の座を狙っていることも。

ベラトリクスより、ケーティのほうが王妃にふさわしいと言いたいのだろう。いかにも心配するような言い方で、ベラトリクスを貶めたいだけの言説だ。

「聞いたところでは、おふたりは不仲なのでしょう。でしたら――」

「ご心配をおかけしているようですね。しかし、この婚約についてエックハルト侯爵が気にする必要はありません」

やけに食い下がるエックハルト侯爵の言葉を遮ったアルデバランは、にっこりと完璧な笑顔を作った。

「貴殿に何を言われようと、私はこの婚約を解消するつもりはない」

きっぱりと言い切ると、ニタニタと下品な笑顔を浮かべていたエックハルト侯爵の顔は途端に色をなくす。

「……左様でございますか。ああそうだ、これから用事があるのをすっかり失念しておりました。アルデバラン殿下、失礼いたします」

「オスヴィン、侯爵をお送りしてくれ」

「はっ、はいいっ！」

そのままそそくさとこの場を去っていくふたりの背中を目で追う。エックハルト侯爵は気分を害したようで、ふんぞり返りながらドシドシと足音を立てて歩き、やがて見えなくなった。

「……」

自室に戻ったアルデバランは、椅子に腰かけると目をつぶったまま天を仰ぐ。

——婚約は解消しない。

エックハルト侯爵の挑発に対する買い言葉として出てきたそれは、言葉にしてしまえば、それが自分自身の本音だったように思う。ストンと身体の中に落ちて、満ちていくような感覚がある。

『ア、アルデバランさま！』

幼いころ、ベラトリクスはアルデバランの名を呼んでは、その丸い頬を桃のように染めてうれしそうにしていた。

『どうしたの、ベラトリクス』

名を呼べば、さらに真っ赤になる。赤い髪も合わさり、彼女ごと林檎（りんご）のように色づく。その姿が愛らしく、大切に思っていた。だから、そのあとに彼女に手鏡を贈ったのだ。

あの愛らしい婚約者を喜ばせたい一心で、王妃のもとに来た行商人が広げた数々の装飾品を目が皿になるほど懸命に吟味した。

——その気持ちを、どうして忘れていたのだろう。

「……まだ、間に合うだろうか」

情けなく放たれた言葉は、薄暗い執務室の天井に溶けて消えていった。

第七章　悪役令嬢は決意する

ついにこの日を迎えた。

今日は新入生の入学式当日。つまりは乙女ゲームの開始日で、迷子になったヒロインのスピカがアルデバラン殿下に遭遇するというオープニングイベントが発生する運命の日だ。

「ウィル、準備はいい？　静かにしておいてね」

「……はい」

わたくしは学園の中庭で、立派な木のある茂みに身を潜めている。

もちろんウィルも一緒で、とても怪訝な顔でわたくしを見ているけれど、気にしないことにした。

生徒会の役員であるわたくしは早めに入学式の会場に行かなければいけないのだが、殿下からの逃亡も兼ねてこうして抜け出して中庭にいる。

お見舞いのあと、顔を合わせるのは初めてなのだ。どんな顔をして会うか、結局決められなかった。

――もしもこのイベントが起きなかったら、もう少し殿下と話をしてみてもいいのかもしれない。

わたくしの中にもそんな考えが過るようになってきた。

「……来たわ」

何者かがサクサクと芝生を踏みしめる足音が聞こえたため、声を潜めて意識を集中する。

絶対に見つかってはいけない。

緊張しながらヒロインの登場を待っていたわたくしたちの視線の先に現れたのは、桃色の髪の令嬢だった。その令嬢はキョロキョロと困った顔で周囲を窺っている。

見たことがない顔だから、新入生なのだろうとは思うけれど……？

「そこで、何をしている？」

突如として聞こえてきた声に、驚いたわたくしは肩を震わせてしまった。

その令嬢に次いで中庭に現れたのは、アルデバラン殿下だった。先ほどの桃色の髪の令嬢に声をかけている。

「ご、ごめんなさいっ、わたし、道に迷ってしまって」

「君は……新入生か。仕方がない、私が講堂まで案内しよう」

「ありがとうございますっ」

桃色の髪の令嬢はうれしそうに頬を染めて、殿下に駆け寄ってゆく。そして、彼らはこの場からすぐに立ち去っていった。

「「……」」

ふたりの姿が見えなくなってから、わたくしはウィルと顔を見合わせる。

桃色の髪が見えたとき、静かにしないといけないのに「誰かしら？」と思わず口から出てしまった。

本人に会ったことはないけれど、プレイしたことはあるのだから当然知っている。あのイベントを起こすヒロインのスピカは金髪美少女の彼女のはずなのに。

「……ほら見なさい、ウィル。やっぱりイベントは起きたでしょう」

身を潜めていた場所から出ながら、わたくしはウィルにそう話しかける。

一部違うところはあったけれどイベント自体は発生した……ように思う。

周囲に人影はない。わたくしはそろそろ会場に戻らなくてはいけない。遅刻をすると余計に目立ってしまうため、それは本意ではない。

「うーむ……。にわかには信じがたいですが、たしかにお嬢様が言ったとおりの展開ではありましたね。ですが、誰、とはどういうことです？」

「え？　その、まあ、わたくしが思っていた子とは違ったから驚いたのだけれど……まあ、大体同じだわ」

「では、先ほどの令嬢はクルト伯爵家の令嬢ではないのですね。たしか……スピカ様でしたか」

そういえば、かのスピカという令嬢もお茶会には顔を出さないらしい。四六時中わたくしの世話をするウィルが彼女の容貌を知っているはずがない。

どう説明しようか迷っているときに、パキリと小枝が折れる音が聞こえた。

「誰ですか!?」

ウィルの眼光が途端に鋭くなり、音がしたほうを睨みつける。わたくしもそちらに視線を向けると、鎖骨までの長さの茶色の髪を揺らす少女が頭を下げていた。

「……ごめんなさい。盗み聞きするつもりはなかったんです」

「え……あなた、食堂の……」

「！　やっぱりベラさんなんですね！　雰囲気が違うから、もしかしたら違う人かもと思いました。そうです。私、食堂のミラです」

反対側の茂みから出てきたのは食堂で働く少女で、この学園の制服を身に纏（まと）っていた。そのシンプルな制服のデザインからすると、貴族用ではなく、通常の学園に通うようだ。

この学園は貴族用の校舎と平民用の校舎が分かれている。身分が平民であっても、難しい試験を突破すればわたくしたちと同じクラスに所属するが、一般的には身分どおりの校舎に通うのが通例となっている。

あちらの校舎ではダンスや社交の勉強はないらしく、わたくしもそっちがよかったのだけれど、それは絶対に駄目だと止められた。

「お嬢様……なぜ自ら明らかにするのですか。ミラさん。お嬢様が食堂にお忍びで行っていたことはどうか御内密にお願いします」

「……はい、わかりました」

わたくしに呆れた視線を向けたウィルは、ミラに向き直るとそう言って頭を下げた。

ミラは恐縮した面持ちでしきりに頷いている。

「それでは私はこれで失礼します。入学式に遅れてしまうので」

ミラはかなりソワソワとしている。たしかにもう時間がない。

「あら、あなた新入生なの？　だったらわたくしが案内するわ。一応ここの二年生なの」

これまで学園で出会わなかったのは、彼女が新入生だったかららしい。彼女も迷子になってしまったのだと思ったわたくしはそう提案した。

「え、あの、でも……」

「大丈夫よ。ああ、そうよね。きちんと自己紹介をしていなかったわ。わたくしは、ベラトリクス・ロットナー。ロットナー侯爵家の長女よ」

「侯爵家……!?」

わたくしの申し出に困ったように目を泳がせていたミラは、下町に入り浸っていたわたくしの正体を知って、今度はその目を丸くして驚いている。

「ふふ、そう硬くならないでちょうだい。わたくしは別に身分で差別などしないわ。それに生徒会の副会長という肩書きもあるから、迷子の新入生を連れていても不思議じゃないのよ」

「ありがとうございます……」

「さあ行きましょう、ミラ。わたくしたち、本当に間に合わないかもしれないもの。じゃあウィル、またあとでね」

「はい、お嬢様方。お気をつけて」

ウィルとはここで別れて、わたくしはミラを連れて講堂へ歩みを進める。

さっきの出会いイベントは、成功といえるのかしら。流れはシナリオどおりだったけれど、スピカではない令嬢が現れたという結果になった。

「……判断がつかないわね……」

「どうかしましたか？」

道すがら、思わずつぶやいてしまったわたくしを、ミラが心配そうに見上げた。その優しい眼差しに癒やされながら、わたくしは彼女を講堂へ案内した。

「ではまたね、ミラ」

「はい、ありがとうございました」

ミラと別れて生徒会用の座席に行くと、なぜかアークツルス様はおらず、殿下がムスッとした顔で腕組みをしていた。急いだ甲斐があって、まだ式典が始まるまでは少し時間がある。

遅刻したわけではないのだけれど、どうしたのだろう。

「……ベラトリクス、どこへ行っていたんだ？」

「ええと……緊張したので少し外の空気を吸っていましたの。副会長になってからは初めてのイベントでしょう？」

嘘は言っていない。わたくしが指しているのがこの入学式のことではなくて、先ほどの出会いイベントだというだけだもの。

「……そうか」

殿下の表情は険しいままだ。先ほどのあの令嬢とは、うまくいったのだろうか。

端のほうに座ると、アークツルス様が少し慌てた様子で現れる。こんなギリギリになるなんて、珍しいこともあるものだ。

「よかった、間に合いましたね」

「アーク、何をしていたんだ」

先ほどまでの不機嫌を引っ張ったままの殿下にそう問われて、アークツルス様はなぜかわたくしと殿下を交互に見ると、いつもの天使の笑みを浮かべた。

「義妹(いもうと)が寝坊していたようなので、迎えに行っていたのです。ふふ、スピカは本当に可愛い」

訂正だ。アークツルス様はいつもより数億倍清々しい笑顔を浮かべている。彼にこんな顔をさせられるなんて、流石(さすが)はヒロイン……！

予想外のことだらけで混乱したままのわたくしなど関係なく、時間通りに式典が始まった。在校生の代表としてアルデバラン殿下が祝辞を述べ、新入生代表として第二王子のレグルス殿下が挨拶をする。

教師の列には生徒会顧問であるベイド先生がいる。それから、新入生の席には青髪の騎士カストルとダムマイアー商会の跡取り息子であるメラククんがいた。

皆、乙女ゲームの攻略対象者たちだ。本当に全員が存在していて、いよいよ始まるのかと背筋がゾクリとする。

目を凝らしてみれば、美しい金の髪が目をひく美少女の姿も捉えた。眠たそうにしているが、彼女がヒロインのスピカで間違いない。

――それにしても、正ヒロインが寝坊するってどういうこと？　それに代わりに現れたあの令嬢は一体誰なの？

ケーティが悪役令嬢のような振る舞いをしているように、ヒロイン側も違う動きをしているのだろうか。

「……ここから一年、慎重に事を運ばないと」

両王子の挨拶が終わって講堂が割れるような拍手で満たされる中、追放後のために練っていた計画を進める決意を新たにして、わたくしは澄ました顔で式典を見届けたのだった。

どうなることかと身構えていたわたくしだったが、何かと忙しくしているうちに日々は流れるように過ぎていた。春から夏になり、汗ばむように暑い日も増えてきた。

「ふう、今日も暑かったわ……なんだか、前より殿下とよく目が合うような気がするのだけど」

生徒会の仕事を終えて急ぎ足で寮に戻ったわたくしは、ウィルに注いでもらった果実水を一気に飲み干した。今日も暑い。

間もなく二度目の夏季休暇を迎えようとする中で、わたくしの婚約解消計画はまったく進んでいなかった。

二年目も相変わらずわたくしは深窓(しんそう)の令嬢で、ケーティは我がもの顔で振る舞っている。

少し変わったのは、ケーティの標的がアルデバラン殿下からレグルス殿下になったことだろうか。

レグルス殿下が入学した途端、そちらの追っかけに回ることにしたらしい。ただ、レグルス殿下はニコリとも微笑まない鉄壁の守りを見せているようだ。

反面、追放後に生計を立てるための準備は整ってきた。

投資家としての事業は順風満帆で、流通における利益も上がるようになってきた。今度はその資金を元に孤児院を中心とした福祉施設の充実を図りたいのだが……学生の間はあまり自由に動けないので、こちらは卒業してから本格的に着手する予定だ。

「殿下はお嬢様とお話がしたいのではないですか。一度お話ししてはどうですか」

「そう……なのだけど……。学園で婚約の話をするのも憚られるし、なんの話をしたらいいのかしら。最近は忙しいのかそもそも学園に来ていないことも増えたし、それに……いつも怒っているような顔をしているもの」

ウィルの言葉に、わたくしはついつい幼子が拗ねたような口調で返してしまう。

殿下は他の令嬢と話すときはアルカイックスマイルを浮かべてにこやかなのに、わたくしに声をかけるときだけはやけに強張っていて、眉間に皺が寄っている。

もしかしたら真面目な彼は婚約者としての義務感から、無理にわたくしに話しかけているのかもしれない。嫌々話しかけるくらいなら、無視してくれたほうがマシだ。

そう言うと、ウィルは大きくため息をついた。

「……殿下……どうしてそう、拗れて……胃が痛いです。私もよく殿下に睨まれていますが」

「まあ、ウィルが？　やはりいつも執事を連れているのは外聞が悪いというのは本当なのかしら。王妃候補としては、マイナスポイントね！」

わたくしもいい評判ばかりというわけではない。いつでもどこでもウィルを連れ立っているとそれなりに目立つし、昔の悪評も完全に消えてなくなりはしない。誰かがそう噂しているのを、偶然聞いてしまったこともある。

それくらいの噂は婚約解消のあと押しになるだろうけれど、断罪理由にはならないだろう。

「はあ、なぜうれしそうなのですかね、うちのお嬢様は。とりあえず、本日もお疲れさまでした。こちらをどうぞ」

喜色を浮かべるわたくしに呆れながらもウィルが差し出してくれたのは、レモンパイだった。また空き時間に、王都の有名なパティスリー一番星(エステル)まで足を延ばしてくれたらしい。

「わあ……！　ありがとう、ウィル」

初夏のレモンが爽やかに香るクリームと、口に入れるとしゅわりと溶けるメレンゲ、それに土台のサクサクパイ。層になっているそれらすべてをフォークにのせて食べれば、口の中に甘酸っぱい幸せの味が広がる。今日もとても美味しい。

「そういえばイベントとやらは、そのあとどうなっているのですか？」

「ん～～、それもよくわからないのよね……」

なんせ、ヒロインのスピカが殿下と話すところを見ることがあまりないのだ。義兄であるアークツルス様に会いに来ることはあっても、殿下なんて眼中にないような行動をする。

それにどちらかというと、アークツルス様のほうが彼女を溺愛していて、彼女が二年生の教室に来るのは稀で、ほとんど彼のほうが一年生の教室へお迎えに行っている。

もしかして、ヒロインはもうアークツルス様ルートで確定かもしれない。だとすれば、ゲームの設定のようにわたくしが彼女の邪魔をする客観的な理由はひとつもなくなる。

そう考えたところで、頭の中にとある人物の姿が浮かんだ。

あの桃色の髪の令嬢だ。

「……ウィルは、ブラウアー男爵家のことを知っているかしら」

「あまり存じませんので、地方の男爵家でしょうか」

「そうなのね。わたくしたちが入学式のときに見た桃髪の令嬢がいたでしょう。調べてみたら、彼女のほうがよっぽどイベントをこなしていたわ。殿下にクッキーを渡しているところも見かけたし……この前はベイド先生にも渡していたわね」

乙女ゲームの攻略必須アイテムは、ヒロインの手作りクッキーだった。

今思うと不自然なアイテムではあるけれど、ゲーム内ではミニゲームで取得したそのアイテムを使うと攻略対象者たちの親密度が高まる逸品だ。わたくしも乱用していたけれど、現実世界で効果があるのかは疑問である。

「クッキーを配るご令嬢ですか。なかなか……珍しいですね」

「ええ、そうなの。ねえ、ウィル。ブラウアー男爵令嬢の周辺について調べてもらってもいいかしら」

「かしこまりました。何か気になることでも？」

ウィルの瞳が剣呑(けんのん)そうな光を帯びる。わたくしはコクリと頷いたあと、ここふた月で気になっていたことを列挙してゆく。

「そうねぇ。その子が、というより、ケーティたちの様子が気になるの。以前はアルデバラン殿下に他の令嬢が近づけないくらいにガードしていたのに、その男爵令嬢には表立って忠告をしないのが不自然に思えて……。まあ、レグルス殿下の追っかけに忙しいのかもしれないけれど」

日々を過ごすうちにどこか違和感を覚えたのはこれだ。

たしかに第二王子である彼にはまだ婚約者がいないから、令嬢たちが躍起になるのはわかる。

ケーティは前々からレグルス殿下にべったりだったらしいが、だとすると昨年までの牽制のような行動は一体なんのためなのか疑問が残る。

それに昨年、彼女の取り巻き令嬢たちがあのときの男爵令嬢以外にも嫌がらせをしている場面に遭遇し、わたくしが注意したのは一度や二度ではない。

身分を笠に着た振る舞いをする彼女たちが、殿下たちにあれだけ派手に接触する男爵令嬢を咎めないことが不自然でならない。

彼女たちの行動に一貫性がなく、それぞれが別の目的で動いているような……どこか恣意的なものを感じてしまうのだ。

「お嬢様が気になるということは、何かあるのかもしれませんね。確認しておきます」

「ええ。お願いね」

ウィルにニコリと微笑みかけて、わたくしはレモンパイに再びフォークを刺す。ひと口食べたレモンパイは優しく爽やかに、疲れた身体に染み渡っていった。

ひと月にわたる夏季休暇を終え、今日から学園は再開された。

休暇中は所用もあってお母様のご実家である北方のバレル領を訪ね、涼夏を満喫した。特産品の海鮮料理を満喫しながら、ミラはどう料理するのだろうと考えてしまっていた自分がおかしくて笑ってしまったことはいい思い出だ。

「――ベラトリクス嬢。少しよろしいでしょうか」

帰り支度をしながら思い出し笑いをしているわたくしのところに現れたのは、アークツルス様だった。咄嗟に周囲を窺ってみたが、アルデバラン殿下の姿はない。

休暇が明けると、クラスの雰囲気が少し変わっていた。

わたくしが足を踏み入れると話し声が止まって静けさに包まれた教室は、居心地が悪く感じた。

そんな中で、ケーティたちがまた勝ち誇ったような顔でわたくしを見ていたため、この状況も彼女たちの差し金なのだろうと容易に想像がつく。

ふと見ると、子爵令嬢のフィリーネたちのグループはわたくしを心配そうに見ている。

彼女たちに向けて笑顔を見せたあと、わたくしはそのままアークツルス様を見上げた。

「ええ。どうかされましたか?」

「令嬢にお話がありまして。ここでは話し辛いので、生徒会室に一緒に来ていただいてもよろしいでしょうか。……ああ、アランなら今日は執務があるので学園は欠席ですのでご安心を」

逡巡したわたくしの考えを読むように、彼は最後に小声でそう付け加える。

「わかりましたわ、アークツルス様」

笑顔が引き吊りそうになったけれど、なんとか我慢出来たわたくし、すごいわ。

生徒会室は、アークツルス様の言葉どおり誰もいなかった。しっかりと鍵をかけたあと、部屋の中央にある応接用のソファーに座るように促されそれに従う。

「……実は学園長から話がありまして、とある貴族からの進言で、これから平民用の校舎との行き来は禁止される流れになりそうです」

「まあ……」

「本格的な施行はもう少し先だそうですが、もうすでに学園内の空気は悪いです」

はあ、とため息をつきながらアークツルス様は手に持っている本をパタリと閉じた。

なぜ突然そのようなことになったのか、まったくわからない。

「それで……ベラトリクス嬢。ここからは私的な話になるのですが、確認させてください。あなたが僕の妹と別の男爵令嬢に嫌がらせをしているという噂がまことしやかに流れています。〝殿下との仲を妬んで〟」

「えっ……？　あなたの妹といったら、スピカ嬢よね。話題になるような男爵令嬢といえば、ブラウアー男爵令嬢のことかしら。どちらも嫌がらせなんてまったく身に覚えがないけれど。そもそも、そのふたりと殿下の仲を知らないし、妬んだ覚えもないもの」

わたくしは思わずコテリと首を傾げてしまう。

そんな噂があるなんて……と不思議に思ったが、ゲームどおりだとたしかにそう。それは悪役令嬢ベラトリクスの役目だった。

もしかしたら教室の変な雰囲気も、この噂が原因なのかもしれない。

わたくしの言葉を聞いて、一瞬驚いた顔をしたアークツルス様は、今度はクスクスと楽しそうに笑っている。いつものような天使の作り笑顔ではなく、心から。

「ふ、ふふ、そう、ですね……僕もあなたではないと思っていましたが……そう、きっぱり……っ」

「……そんなに笑わないでくださる？」

ツボに入ってしまったらしい彼は、お腹を押さえながら笑っている。

「ふふっ、その噂の出所は大体見当はついているんですが……一度、個人的にあなたと話をしてみたかったんです。どこかの王子がいい加減煮え切らないので」

その王子とは、アルデバラン殿下のことだろう。

青い瞳をすうっと細めた、中性的な美しい顔のその人は、わたくしを見定めるように見つめている。

「ベラトリクス嬢。休暇中は孤児院での奉仕活動をなさっているそうですね」

突然の問いかけに、わたくしはピシリと固まった。

「それに……紙芝居や絵本の創作もなさっているそうではありませんか。ダムマイアー商会とも懇意にされていますし、下町には随分と知り合いがいらっしゃるのでは？」

「……まあ。なんのことでしょう？　淑女のことをあまり根掘り葉掘り聞くものではありませんわ」

どうやらわたくしの行動について、調べはついているらしい。さすがは有能な側近だ。わたくしの声が少し冷えたことを感じたのか、彼はペコリと頭を下げた。

「申し訳ありません。こちらとしても、あなたの身の潔白を証明するためにも、行動を調べさせていただきました」

「アークツルス様……顔を上げてください。信じていただければそれでいいですわ」

「はい。ありがとうございます」

顔を上げた彼は、わたくしをまっすぐに捉えていた。

もしかしたら、わたくしが彼の婚約者としてふさわしいのかどうかも兼ねていた調査だったのではないだろうか。

「今後、急に湧き出たこの噂話の件について、これからまた日を改めて対策を練ることになるかと思います」

「わかりましたわ」

「……次は、アランも同席のうえで話をします。よろしいですね？」

「……ええ」

そう告げたアークツルス様に、わたくしは是と返事をした。

ゲームではただの優男だった彼は、やはりそれだけの男ではなさそうだ。気づいていたけれど、随分と策士だ。

アークツルス様と別れたわたくしは、考えながら歩いていた。

ヒロインをいじめる悪役令嬢。急に巻き起こった噂は、ゲームのシナリオどおりに動いている。

そのことに少し、恐怖を感じる。

「ベラトリクス様っ！　ふわっ、よかっ、はっ、ふうう」

「フィリーネさん、落ち着いてくださいな？」

振り返ると、息を切らしたフィリーネが駆け寄ってきていた。わたくしのもとへたどりつくと、息苦しいのか顔を真っ赤にして言葉にならない声を出している。

ようやく呼吸が落ち着いたところで、彼女がガバリと顔を上げた。少し涙ぐんでいて、うるうるとした茶色の瞳にわたくしが映っている。

「大丈夫でしたか⁉　私、今朝からのこともあって心配で……っ」

「ありがとう。クルト伯爵子息とは穏便に話をしたから大丈夫よ」

「ふわあああああ、よかったですわ……！」

フィリーネさんは心からわたくしを心配してくれていたようで、安堵のため息がとても大きい。

わたくしは思わず頬を緩めてしまう。

それとは別に、やはり例の噂とやらが広まっていると肌で感じる。

「フィリーネさん。あなたが知っている範囲でいいから、わたくしに関する噂話を教えてくださらない？」

「えっ、でも……口にするのも憚られるようなものばかりで」

「いいの。わたくしのことだから、全部知りたいわ」

「わかり……ました」

まっすぐに見つめると、フィリーネさんは覚悟を決めたように唇を引き結ぶ。嫌な役回りをさせてしまって心苦しいが、知らないほうが絶対に嫌だ。

『ロットナー侯爵令嬢は、殿下や貴族子息と仲のよいクルト伯爵令嬢のスピカやブラウアー男爵令嬢のシャウラを妬んで嫌がらせをしている』

『自分勝手な振る舞いをする苛烈な面は変わっていない。王妃にふさわしくない』

『アルデバラン殿下は、心優しい男爵令嬢を恋人にしたようだ』

根も葉もないものばかりではあるが、なんとなく並べられるとそれらしいストーリーが出来上がるのが不思議なものだ。

「この噂話、おかしいところばかりですわよね？」

わたくしが何か言うより早く、フィリーネがそう言い切った。

「だって、ベラトリクス様はアルデバラン殿下に群がる令嬢たちを妬んではいませんもの。どちらかというと、殿下のほうがベラトリクス様とウィリアムさんをじっとしつこく見ています。あれはおそらく嫉妬の炎……ああ、創作意欲が湧きますわっ！」

人間観察が趣味だというフィリーネには、わたくしとは違う世界が見えているらしい。嫉妬の炎とは一体なんのことやら。

「ベラ様親衛隊として、私も仲間と対処方法を考えますわ。では、失礼いたします！」

「あっ、ええ、またね」

素早く腰を折ったフィリーネは、脱兎のごとき素早さで来た道を戻っていった。

……親衛隊とはなんのことだろう。

嵐のような時間が終わり、わたくしはまた考えごとをしながら廊下を歩く。そろそろ合流しないと、ウィルが心配して捜し回ってしまう。

アークツルス様と同様に、わたくしも噂の出所についてはおおむね予想がつく。

ブラウアー男爵令嬢のシャウラがアルデバラン殿下に近づいており、殿下もそれを許容していることは事実だ。実際に、ふたりが話をしているのを見たこともある。

それを見たわたくしが嫉妬をするという流れはまあいいとして、気になるのはスピカのほうだ。

学年も違ううえにまったく接点がない彼女に、わたくしが嫌がらせをするという論理は少し強引ではないだろうか。

「きっと、レグルス殿下とスピカが親しいのが気に入らないのね、ケーティは」

スピカへの嫌がらせは、レグルス殿下を慕っているケーティの私怨がこもっているに違いない。

現状、レグルス殿下が会話をする令嬢は彼女くらいだという情報も耳に入っている。

ため息を溢して顔を上げると、普段は通らない廊下に足を踏み入れていることに気がついた。考えごとをしていたせいで、どこかで道を間違ってしまったらしい。

「ええと、とりあえず外に出てみましょう」

今いる位置を正確に把握するために、目の前の渡り廊下に出てみる。

すると、目に飛びこんできた風景に背筋がゾワリとした。

「～～～～!!」

聞こえるのは女性の声。

三人が貴族令嬢で、もうひとりは平民であることは制服からひと目でわかった。取り囲まれている平民の女の子は、はらはらと涙を流している。

「何をしているの！」

気づけばわたくしはそう叫んで、その集団に飛びこんでいた。どう見たって、仲よしの集団には見えない。

頭に血が上って気がつかなかったが、その場に到着すればその三人組はいつものあの取り巻きで、泣いているのは、あのミラだった。

わたくしは、ミラを背で庇うように立つ。

「……またあなたたちなの。そんなところで一般の生徒に寄ってたかって……貴族令嬢の品格が聞いて呆れますわね」

長身のベラトリクスの身体は、その小柄な少女をすっぽりと隠せる。ふつふつと沸いてくる怒りをそのままに出すと、とても低く重い声が出た。

「べ、ベラトリクス様……っ。わ、わたくしたちは何もしていませんわ。その平民が勝手に泣いているのです」

「そのような恐ろしい顔で囲んでいながら、何もしていないと？　随分と物忘れが激しいのね。あなたたちの普段の振る舞いから見ても、信じられませんわ」

「しっ、知りませんわ！　行きましょうっ」

「偉そうにしていられるのも今のうちですわ！　ふんっ」

込み上げてくる怒りのままにそう告げると、彼女たちは悪党らしい捨てゼリフを吐いて一目散に立ち去っていく。

彼女たちの姿が見えなくなったのを確認して、わたくしはゆっくりと振り返った。

「……ミラ。どうしてこんなところにいるの？　こちらの校舎にはああいう人たちもいるのよ。ここは気さくな下町ではないのだから」

「は、はい……」

涙が止まらないのか、ミラは目を真っ赤にしている。

貴族の悪意を向けられたのは初めてだったのかもしれない。あの人たちだけが特別に選民意識が強いというわけでもなく、ああして平民を虐げる考え方を持つ貴族は一定数存在するのだ。

「こんなに泣いて……。どうせ身分がどうとか言われたのでしょう。わたくしにしてみたら、美味しいご飯を作れるあなたのほうが特別だわ」

わたくしはポケットからハンカチを取り出すと、少し屈んで彼女の目元を優しく拭う。彼女は遠慮していたが、わたくしはミラが泣き止むまで、その場でゆっくりと彼女の背中をさすっていた。

そのあと、ミラの保護者だという青年のイザルが現れてひと悶着あったけれど、ミラを引き渡してその場をあとにした。

彼――イザルのことは食堂の副料理長であり、ダムマイアー商会でも何回か見たことがある。

彼がなぜ学園に現れたのかは不思議だったが、ミラも随分と彼を信頼しているようだったので、そちらを優先した。

「ベラ様、遅かったですね。クルト伯爵子息からは、少し前に別れたと聞いていましたが……」

ようやくいつもの待ち合わせ場所に行くと、ウィルが少し焦ったような顔をしていた。一度アークツルス様とも話をしたらしい。今から本格的に捜しにいこうとしていたそうだ。

ウィルの顔を見て、安堵してしまう。

わたくしは安心した気持ちと先ほどの怒りとでぐちゃぐちゃになり、彼の執事服の袖を引いた。

「ウィル、わたくしが間違っていたのかもしれないわ。逃げていても、何も守れない」

前世の記憶――乙女ゲームの記憶は、たしかに役に立った。

だが、逃げるという策は、最善ではなかったように思う。

彼女たちの振る舞いが、この学園の雰囲気が、よくないほうに流れていくのは、ゲームシナリオのせいなんかではない。誰かが意図して作り上げたものだ。

身分の低い貴族や平民が奪われるだけの世界が、健全であるはずがない。

――そうよ、わたくしはこの世界の悪役令嬢なの。

侯爵令嬢という肩書きも、権力も、財力もある。与えられたこのすべての力を利用しないで、逃げ回ってどうするのよ。

わたくしの前に転がる小悪党の悪巧みなんて、蹴散らしてしまえばいいのだわ。

「悪役令嬢らしく、わたくしもやられたらやり返さないといけないわね？」

口角を上げてにっこり怪しく微笑むと、ウィルもまた悪い顔をする。

「ほどほどにお願いします。……ですが、全力でお手伝いいたします」

「決まりね！」

悪役令嬢ベラトリクスのように、強く気高く。

彼女が持ち合わせていた苛烈な特性もすべて、わたくしのものだ。燃えるような怒りを力に変える。それが出来たら、最強じゃないか。

「逃げ回るのは、今日で終わりにしましょう」

この日わたくしは、まっすぐにこの世界と向き合う決意を固めた。

◆ 閑話　王子と弟 ◆

「まあまあふたりとも、なんて辛気臭い顔！」

茶会で揃ってため息をついている息子たち——アルデバランとレグルスに、王妃はわざとらしく驚いた顔をした。

その言葉にアルデバランはチラリと隣の弟に視線を向ける。

夏季休暇前は毎日楽しそうに過ごしていたはずの彼が、見るからに沈んでいた。

お気に入りの平民の娘を、将来自分が引き継ぐバートリッジ公爵領にまで連れ出し、あちらで開催された晩餐会にも同伴させたという話はアルデバランの耳にも入っている。

とても楽しい休暇を過ごしたはずの弟は、そうは見えないくらいに落ちこんでいた。

「アランもレオも、ここぞというときの押しが足りないわねぇ。誰に似たのかしら。きっと陛下ね。うふふ」

辺境出身の母は穏やかな見た目に反して、実はかなり好戦的な女性だったらしい。両親は政略結婚だと思っていたが、実は王妃が猛アプローチしていたという話をアルデバランは最近アークツルスから聞いていた。彼の情報網はどうなっているのだ。

楽しげな王妃を横目に見ながら、アルデバランは友人のアークツルスとの数日前のやりとりをそっと思い出していた。

他のメンバーが皆早々に帰路につき、生徒会室にふたりだけになるとアークツルスは真剣な顔をして『話がある』と言った。

『アラン。君がなかなか自由に動けないことも承知していますが、そろそろ令嬢ときちんと話をしてはいかがです？　あの執事をこーんな怖い顔で睨みつけていないで』

そう言って、彼は自らの目を指で吊り上げる。そんな顔はしていない、と反論したくなったが、この話の論点はそこではないのだろう。

『誰かに取られそうだから惜しくなったのですか。逃げられそうだから追うのですか。今現在、ロットナー侯爵家との縁談は必須ではありません。国のための縁談だと深く考えずとも、ベラトリクス嬢を解放してあげてもいいんじゃないですか』

『……いやだ』

切りこんで進言してくる側近の言葉に、アルデバランは子どもじみた返答しか出来なかった。

そのときの親友の苦笑いが脳裏を過る。彼が発破をかけてくれた言葉をそれからずっと考えている。

――ベラトリクスが、幼いころに贈った手鏡を大切にしてくれていてとてもうれしかった。

発熱はしていたが、穏やかに眠る彼女はとても美しかった。

彼女が執事に笑いかけていると、その笑顔をこちらに向けてほしいと思ってしまう。彼女が普段、周囲の令嬢に向けているような柔らかい笑みを、孤児院で過ごしているときの楽しげな表情を、自分にも見せてほしい。

もっと近くで見たい。だが、話をして明確に拒絶されることが怖い。

これらの気持ちは、〝惜しいから〟という言葉に集約されるものなのだろうか。

もっと深く、執着している。彼女のことが知りたい。私のことを知ってほしいと、切に願っているのだ。

黙々と紅茶を啜るアルデバランより先に、隣にいたレグルスが声をあげた。

「……母上。俺は、一生をともにしたい人がいます。でも、彼女は貴族令嬢ではないのです。彼女をこの世界に引っ張りこんでいいのか、わからないのです」

「ジークハルト様のお気に入りのあの子のことね。そうねぇ……考えてもわからないならば、直接聞いてみたらいいわ。あなたたちの間には、これまでに積み上げてきたものがあるのでしょう？」

意を決して話すレグルスに、王妃は優しく微笑み返す。

「アランも一緒よ。言わなくても伝わるなんて思わないことね。いい加減にしないと、ベラトリクス嬢との婚約、解消しちゃうわよ」

「っ、それは……困ります！」

「彼女の行いは耳に入っているのでしょう？　素晴らしいお嬢さんだから、あなたと破談になってもすぐに次の求婚者が現れるでしょう。あなたたちはあまり自らの立場に甘んじないことね。王子という地位や肩書きに興味のない令嬢だっているわ」

王妃は冷ややかに言い切ると、ティーカップをゆっくりと皿に置いた。

アルデバランが弟のほうを見ると、彼もまた神妙な顔でこちらを見ている。

お互いの想い人は、どうやらその部類に該当するらしい。

――ベラトリクスが、他の誰かと結婚する……？

そんなことは許さない。嫌だ、と心の奥底から強い気持ちが浮かび上がる。

「……それよりも、最近学園が騒がしいようね。そういう連中はあのときすべて排除したと思ったのに、まったく野心家というものは仕方がないわねぇ」

「はい。そのことについてはアークツルスとともに話を詰めています。今後はレグルスも含めて、対応します。母上、この件は私に一任していただけますか」

優雅に菓子を手に取る王妃に、アルデバランは姿勢を正した。

エックハルト侯爵家が悪巧みをしていると、すでに掴んでいる。協力者の証言も得て、あとはどう追いつめていくかという段階だ。

最近、よく見かけるようになった桃色髪の男爵令嬢は、名をシャウラ・ブラウアーという。

どこかで見た顔だと思ったら、入学式の際、迷子になっていたところを講堂まで道案内した少女だった。

入学式の前にベラトリクスと話をしようと思ったアルデバランだったが、彼女は例の執事とともに姿を消した。その背中を追いかけて中庭に着いたとき、婚約者の姿はなく、迷子のシャウラが佇んでいたのだ。

それからしばらくの間、シャウラはやけに猫なで声でアルデバランの周囲をうろついており、非常にうっとうしく思っていた。

そんなある日、その彼女が学園の裏庭で花壇を畑にして農作業をしている姿を見かけた。その裏庭は、アルデバランがひとりになりたいときに立ち寄る場所。それからもそこへ行けば、少しずつ育っている野菜とシャウラに遭遇する。

そんな日が少し続いたころ、シャウラのほうから心苦しそうに話しかけてきたのだ。

『……エックハルト侯爵が、殿下たちを嵌めようとしています』と。

このことについては、すでにアークツルスと情報を共有していた。シャウラはアルデバランだけでなくアークツルスや他の子息たちにも手作りクッキーを渡したり謎の言動をしたりと、擦り寄ろうとしていたため、密かに監視対象となっていたのだ。

そして独自に調べを進めると、彼女の生家であるブラウアー男爵家の家計が火の車で、そこに高利貸しをしているのがエックハルト侯爵家が関わる商人だというところまで判明した。

だが、まだ証拠が足りない。

そんなときにシャウラは『アルデバランやその他貴族子息たちに近づいたのは侯爵からの指示で、その裏には男爵家が違法賭博で抱えた多額の負債があった』と暴露し、役目をやめたいとアルデバランに打ち明けたのだ。

それは、夏季休暇に入る少し前のことだった。

そこから、彼女の役割がうまくいっていると侯爵に思わせるよう、アルデバランたちとの親密さを装うための逢瀬が始まった。

『ええっと。殿下。意中の女性と話しているときに、別の女性の話をするのはタブーだと思います』

『女性といっても、従妹だ。親族だろう』

『それでも、気にするものですよ。村の女性たちもそう言っていました。デリカシーのない男たちだわ！　って』

『そ、そうか……今後は気をつける』

内実はただの世間話だが、アルデバランは恋愛面でよく怒られていた。

〝ブラウアー男爵令嬢と殿下や他の子息たちが懇意にしている〟

エックハルト侯爵を油断させるための噂は、そうして作り上げられた。

これまでのことに思いを馳せたアルデバランは、意を決したように口を開いた。

「ベラトリクスとも、きちんと話をします。これまでのことも」

まっすぐにそう言うと、王妃はパシリと扇子を打つ。

「それでは、息子たちのお手並拝見といきましょうか。陛下もこの件はしばらく静観されるとおっしゃっていたわ。レオ、あなたもぼんやりしていると、うっかり王太子になっちゃうかもね」

「「それは困ります！」」

クスクスと悪戯（いたずら）っぽく笑う王妃を前に、アルデバランとレグルスは声を揃えた。

◆　閑話　ベラトリクス親衛隊のとある一日　◆

「フィリーネさんっ、今回のお話も素敵でしたわ……！　この赤髪の騎士が、泣いている少女を颯爽と助けるところなんてとても……とてもいいですわ！」

とある日。学園に併設されている寮の一室に、数人の令嬢たちが集っていた。

皆は手に持っている書きものを集中して読みながら、時折「まあ……！」とか「きゃあ！」とかうれしそうな声を漏らしている。

「最高ですわっっっ!!」

そうして読み終えた者は、キラキラとした眼差しを、この書物の著者であるフィリーネ・リューベック子爵令嬢に向けるのだ。

男爵令嬢マリーアの胸元では、彼女の瞳の色と同じ宝石があしらわれた年代物のブローチが燦然（さんぜん）と輝いている。

「お気に召してよかったですわ。自信作ですの」

「やはりベン様は最高ですわね……惚れ惚れしてしまいますわ。赤い髪に紅の瞳。炎が燃え盛るように情熱的で、現実にいてくださったらどんなにいいか……！」

マリーアの言葉に、周囲の令嬢たちもこくこくと強く頷く。

ここは〝ベラトリクス親衛隊〟の本拠地であり、彼女たちが手にしているのはフィリーネが書いたロマンス小説だ。

主人公の騎士の名はベンジャミン・ローレン。

言わずもがな、あの人を模したキャラクターであり、侯爵令息という身分にありながら、強く気高く、そして下々の者に優しい、彼女たちの理想の男性の姿がそこに描かれている。

彼は悪に立ち向かい、知らず知らずのうちに学園中の令嬢を虜にしてしまうのだ。

「――最近、学園の様子が変ですわね」

ベンジャミンについての萌え語りを存分に済ませたあと、男爵令嬢マリーアは心配そうな声をあげた。

夏季休暇が明けると、学園の雰囲気は一変していた。平民用の一般校との通用口は閉鎖され、交流も禁止されてしまった。何よりマリーアが崇拝してやまないベラトリクスに関する根も葉もない噂が、学園を駆け巡り始めたのだ。

「ええ。ベラトリクス様を貶めようとしているのでしょうね。あの噂は」

「ケーティ様たち、最近活発ですものね。以前から高圧的でしたが、最近ますますひどいですわ」

眉をひそめた令嬢たちは、盛んに情報を交換する。

そして時折、ため息をつきながらテーブルの上に置かれているお菓子に手を延ばしては、それに舌鼓を打つ。その繰り返しだ。

「本当に、パティスリー一番星のお菓子は格別ですわね。並ぶのが大変ですけれど、それだけの価値がありますわ」

「ふふ、私も休日は使用人にお使いに行ってもらっていますわ。たまに私も並びます。そういえば、ベラ様をよくお見かけするようですわ。あの執事の方とご一緒なんですって」

「ウィリアムさん、素敵ですわよね」

男爵令嬢や子爵令嬢といった、身分的には貴族の中では下位の者で作られたこの集まり。彼女たちにとって、王都の下町やパティスリーはとても身近なものだ。

もちろん、たまに下町に赤髪の少女が現れることはもうすでに知っている。そして彼女が連れているのが、執事のウィリアムであることも。

「アルデバラン殿下、明らかにウィリアムさんとベラトリクス様を気にしていらっしゃいますわよね」

「もっと強引に、ばーんといけないものかしら？　三角関係はたしかに萌えとして、とてもいいです。けれども、現実だとわたくしヤキモキしてしまって」

「私は逆にそんな不憫な殿下に萌えておりますの。ベラ様になかなかお声がけ出来ない殿下……ふふ、可愛らしくていいではないですか。じれ萌えというヤツですわ」

「そうかしら？　やはりそこは男らしく――」

議論が活発になってきたところで、フィリーネがパアンと手を打つ。

「お相手は誰でもよいではないですか。ベラ様が自分らしくあれるお方がいいですわ！」

「それはそう」

「わかる」

彼女たちのお喋りは尽きない。

好き勝手に話しながらも、とにかく気になるのはベラトリクスの身の安全だ。悪意ある噂で彼女を貶(おとし)めようとする動きがあることはわかる。

少しでも彼女の力になりたいという全員の思いは一致している。

「では皆さん。注意深く相手の動向を見ていきましょう」

「ええ。お兄様にも協力を仰ぎますわ。お兄様もベラ様のファンですからね」

「友人の令嬢や令息たちにも」

子爵令嬢のフィリーネと男爵令嬢のマリーア。その他の令嬢たちも、決意を新たに大きく頷く。

マリーアを筆頭に、彼女たちは皆困っているときにベラトリクスに救われた。金品を奪われそうになったり、囲まれて罵られたり……そんなときに、通りがかりのベラトリクスが颯爽と助けてくれた。

「微力でしょうけれど、何かあったら絶対に、ベラトリクス様をお守りいたしましょう！」

ベラトリクスが知らないうちに、それは大きなうねりとなっていくのだった。

第八章　悪役令嬢は対峙する

あれからひと月が経ち、わたくしはお父様に呼ばれて侯爵家で週末を過ごしていた。

今日の朝食はガレットだった。これもまた、食堂で出されたものをウィルや料理人たちが試行錯誤した結果、侯爵家の定番朝ご飯となったものだ。

クレープのようにもっちりとした薄焼きの生地の上には、半熟の目玉焼き、チーズ、ハムがのる。黄身の真ん中にナイフを入れれば、トロリと溢れる黄身がとろけたチーズと混ざり合ってソースとなり、ハムの塩味をアクセントに、すべてを包みこむ生地が秀逸でパクパクと食べてしまった。

これはいい、とお父様もお気に入りの一品だ。

みんなでニコニコと食べ終わり、食後にゆっくり紅茶を飲もうとしたときだった。

「ベラ。今日は大切な用事があるから、ともに城へ行こう。レグルス殿下がお呼びだ」

お父様は菩薩(ぼさつ)のような笑顔でそう言った。

「え……レグルス殿下、ですか？」

紅茶を噴き出さなかったことを褒めてほしいくらいには、その発言に驚いてしまう。

「悪いが今日は、どうしても行ってもらわないといけない。いいね？　ベラトリクス」

口元をナプキンで拭うお父様の目つきは鋭く、笑顔の奥に有無を言わせない圧を感じる。

「……わかりましたわ。準備いたします」

なぜ第二王子に呼び出されるのか不思議でならないが、わたくしもそれに笑顔で応じた。

――なんだか懐かしいわ。

そして今、登城したわたくしは少し緊張しながら、案内人に従ってレグルス殿下の部屋へと急いでいた。城に来るのは随分と久しぶりで、使用人たちから驚きの表情を向けられているのがわかったけれど、気にしないように澄ました顔をしている。

「レグルス殿下。ロットナー侯爵家のベラトリクス様がお見えになりました」

「ああ。通してくれ」

案内人が扉を叩くと、向こう側からはすぐに返事があった。そのまま扉が開かれ、入室を促されたわたくしは、そっとその部屋に足を踏み入れる。

――えっ。

応接スペースにいるのがレグルス殿下だけではないことに気がつき、一瞬だけ体が強張った。

その場に、アルデバラン殿下もいたのだ。王子ふたりに呼び出されたということは、重要な話で間違いない。

お父様も深刻そうにしていたから、もしかしたら今日、婚約についての話も出るのかもしれない。

「アルデバラン殿下とレグルス殿下にご挨拶申し上げます。ロットナー侯爵家の長女、ベラトリクスが参りました。ごきげん麗しゅう」

左手でスカートをつまみ、わたくしは深くお辞儀をする。それから顔を上げて、ふたりの王子をまっすぐに見据えた。

挨拶を済ませたわたくしは、レグルス殿下に促されて応接用のソファーに腰かける。ひとり用の椅子が空いているというのに、わたくしが座らされたのはアルデバラン殿下の隣のスペースだった。

一瞬眉をひそめそうになったが、なんとか持ち堪えてすぐに顔に笑みを貼りつける。

「お招きいただきありがとうございます。アルデバラン殿下、それにレグルス殿下」

「……こちらこそ、来てくれてありがとう。ベラトリクス」

予想外にもアルデバラン殿下のほうから小さな声ではあったが声が聞こえた。隣にいるため、表情は窺い知れない。

「急にお呼び立てして申し訳ありません。お久しぶりですね、ベラトリクス嬢」

わたくしたちの向かいに腰かけたレグルス殿下は、兄の様子を一瞥すると笑顔を見せた。

銀髪の第二王子。彼がこんなふうに笑うのを見たのは初めてかもしれない。どこか仄暗さを感じた昔よりも、雰囲気が柔らかくなったように感じる。

「いえ……驚きましたけれど、わたくしもそろそろ城に行かなければと思っていましたのでいい機会でしたわ」

彼と話をしなければと思っていたのは事実だ。渡りに船の申し出であったことは間違いない。

「本当に、別人のようだ」

「ふふふ。そういうレグルス殿下こそ、随分と雰囲気が変わりましたわ。何かいいことがありまして？」

　わたくしがそう尋ねると、レグルス殿下は少し頬を染めた。

「そうですね。とてもいいことがありました。いろいろとお話ししたいのですが、まずは、そうですね……」

　本当に喜ばしいことがあったのだろう。いつもの鉄壁の冷徹仮面が崩れてしまっている。彼にとっての〝とてもいいこと〟とは何かとても気になってしまう。

「――っ、ベラトリクス！」

　レグルス殿下が言葉を濁したところで、隣から急に名を呼ばれた。

　驚いてそちらに目を向けると、アルデバラン殿下が弾けたように立ち上がり――そして、その場に跪く。

「っ殿下、どうなされたのです⁉」

　突然のことに狼狽していると、跪いた彼は真剣な表情でゆっくりとわたくしを見上げる。

　彼の美しい金の髪がさらりと流れて、綺麗だ。

「今日は君に話がある。今まで私は、婚約者として不甲斐ない姿ばかり見せていた。もっと早く話せばよかったのだが……ずっと縛りつけていて悪かった。まずはそのことを謝りたい」

　アルデバラン殿下は、一気にそう捲し立てる。

「え……あの、でも、わたくしもこれまで相当ひどい態度でしたので、殿下から愛想を尽かされるのも当然だと思います。婚約解消も致し方ありませんわ」

「っ！」

彼の言葉に、やはり婚約解消の話だと思い、わたくしは穏やかにそう言葉を紡いだ。穏便に解消出来れば、それが一番だもの。

そのはずなのに、わたくしの返答にアルデバラン殿下の紫の瞳はふるりと揺れ、唇が強く引き結ばれた。その場に妙な沈黙が落ちる。

――あら、違うのかしら……？

話がある、と彼に真剣な表情で言われたとき、わたくしはてっきり婚約解消だと思ったのだけど。ヒロインにのめりこみ、わたくしを断罪する宿敵だと疑わなかったアルデバラン殿下。この世界ではスピカとの噂はなく、男爵令嬢のシャウラがお相手として注目されている。

「ベラトリクス」

顔をしかめた殿下はもう一度まっすぐにわたくしの名を呼んだ。そして、わたくしの右手にそっと触れ、大切そうに彼の左手がそれを支える。

「私のこれまでの行動を省みれば、そう思われても仕方がない。だが私は、婚約解消は望んでいない。君がそうだとしても……随分と遅くなってしまったが、これから歩み寄る機会を与えてほしい」

紫の瞳には強い意志がこもっている。切望するようなその仕草に、わたくしは思わず唾をゴクリと飲みこんだ。

――彼は、わたくしとの関係の再構築を望んでいるの？

そう思うと、胸の奥がキュッと縮こまるような気がする。

ベラトリクスという存在は、彼にとって邪魔なものだと思っていた。だからわたくしのほうからフェードアウトしようとしていたというのに、そうではなかったのだろうか。

何も答えないわたくしに、アルデバラン殿下の瞳が不安に揺れた。手にも力が入っている。学園でもよく見かけた怒ったような険しい顔だけれど、もしかして今までもこうして、殿下は緊張していたのかもしれない。

そう思うと、彼の眉間（みけん）の皺（しわ）も可愛らしく思えてしまって、わたくしは心が軽くなった。

「……でしたら手始めに、わたくしの趣味に付き合ってもらいますわ。明朝、侯爵家に来てくださいませ」

「君の趣味……？」

「それに、あとでやっぱり婚約を解消したくなったとしても、侯爵家を没落させたりはしないでくださいますか？」

「ああ、約束する。君に呆れられるようなことはしない。明日の予定もすぐに空ける」

殿下は安心したように笑顔になる。

熱のこもった目を向けられることに戸惑いながら、彼がそう約束してくれて安堵（あんど）する。なんだかよくわからないが、仲直り出来た……のかもしれない。

「ええと、兄上。そろそろ本題に入ってもよろしいですか？」

レグルス殿下の咳払いにハッとした表情を浮かべたアルデバラン殿下は、慌ててわたくしの隣に座り直すと、澄ました顔をした。

以前は完璧で掴みどころのない人だと思っていたけれど、実はそうではないのかもしれない。その様子を可愛らしく思いながら、わたくしはレグルス殿下とアルデバラン殿下の話に耳を傾ける。

「エックハルト侯爵のことについて、ベラトリクス嬢とも情報を共有したいと思っています。彼らの行動が目に余るようになってきました。このままでは、要らぬ混乱が招かれることでしょう」

「……同感ですわ」

「ベラトリクス、君にも協力を仰ぎたい。まずは私たちの考えから――」

アルデバラン殿下とレグルス殿下は、残り数ヶ月となった学園生活についての作戦会議を始めた。議論を交わし、情報を交換していく。

そこでまず話に上がったのが、王都の治安に悪影響を及ぼしている違法の賭博場――いわゆる闇カジノと、精神に異常をきたす薬物のことだ。

それらを主導しているのが、なんとエックハルト侯爵だという。兄弟はそれを調べている真っ最中で、そのためたびたび学園を休んでいるのだとか。

小悪党どころか、悪党だったのね。

下町の食堂で住民たちに交じっていると、わたくしのもとにも同じような話が耳に入ってくる。違法な賭博場が運営されていて、近年はそこで身を崩す者があとを立たないだとか、貴族の中にもギャンブルに嵌って爵位まで賭けるような者が出ているとか、違法な薬物が出回っているとか。

そうした情報を述べるわたくしに、ふたりの王子は驚いた顔をした。

「ベラトリクス、そんな情報をどこで？」

「ふふ、わたくしにもネットワークがございますのよ」

ただの井戸端会議だけれど。おじさまおばさま方の知見は、計り知れないものがある。

「ところで、殿下はシャウラ嬢やアナベル嬢と恋仲ではありませんの？」

「ぐっ！」

話が盛り上がってきたところで気になっていたことを口に出してみた結果、アルデバラン殿は手に持っていた紅茶をこぼしてしまった。

わたくしとしては、あれらの噂や逢引の事実をぜひ確認しておきたかったところなのだが、彼の狼狽え方がすごい。

「ブラウアー嬢には、協力してもらっているんだ。断じて君が思うような関係ではない……！バートリッジ公爵令嬢も、単なる親類だ。歳が近いから、妹のように思っている」

「……兄の名誉のために私からも否定します」

話によると、なんとシャウラ嬢はエックハルト侯爵が差し向けた色仕かけ要員だったらしい。

アナベル嬢のことを愛称で呼ばなかった点も、以前からしたら変化があるように思える。

彼がわたくしを恐る恐る見るその姿が、耳を下げる仔犬の哀願のように見えて可愛らしいと思ったことは胸にしまっておこうと思う。

長い間の確執があったはずなのに、話してしまえば自然と会話が出来てしまうから不思議だ。

その間中、なぜかわたくしとアルデバラン殿下の手は繋がれたままで、最後にレグルス殿下が呆れたように指摘すると、彼は顔を真っ赤にしていた。

帰り際、突如現れたアークツルス様にアルデバラン殿下が拉致され、わたくしはレグルス殿下とふたりきりになった。

「ベラトリクス嬢」

去ろうとしていたところで呼び止められ、一瞬思考が止まってしまう。

「先日は、ミラを助けていただきありがとうございました。令嬢たちに囲まれていたと聞いています」

そう頭を下げられて、ますます混乱してしまう。ミラとは、あのミラだろうか。わたくしが知っている、食堂の女の子。

そう尋ねると、レグルス殿下は笑顔で首を縦に振る。

「彼女は、私にとってとても大切な人なのです。あなたのおかげで助かりました」

「あら？　まあまあまあ！　そうなのですね!?　レグルス殿下とミラが」

レグルス殿下の想い人は、あの食堂のミラだそうだ。

彼は王子で、彼女は平民だ。身分のことをどうするのかという心配も浮かびはしたが、応援したい気持ちが先に立つ。

「わたくしに出来ることがあれば、これからもなんでもご支援いたしますわね！」

そう宣言すると、レグルス殿下は照れたようにはにかんでいた。

翌日になり、アルデバラン殿下は約束どおり侯爵家にやってきた。

事前に話をしていたため、お父様もお母様もしっかりとお出迎えを済ませている。エントランスに使用人総出で並び立つ様子は、わたくしから見ても壮観だった。

「……これで、いいのか……？」

そして今、わたくしの目の前には、豪華な装飾が施されたかしこまった格好とは大きく異なり、町歩きのときにウィルがしていたような服を召した殿下がいる。

白っぽいシャツに茶色のトラウザーズというお付きの人のような地味な姿。さらに、彼の金髪は黒髪のかつらで覆われている。

前髪は目元を隠すほどのうっとうしい長さにして、眼鏡もかけている。紫の瞳は特徴的すぎるので致し方ない。

殿下を仕上げたウィルも、彼の後ろで満足そうに頷いている。

「殿下、とっても似合っています。素敵ですわ！　これで誰も殿下のことには気がつかないはずです。下町を満喫出来ますわね」

「……っ、そうか」

身なりは平民風でも、やはり顔立ちが整っているぶん目立ちそうだが、わたくしの赤髪のほうが目立つから大した問題ではない。

似合いすぎている殿下の手を思わず掴んでしまったが、その手は振り払われなかった。

今日の目的は、わたくしの普段の生活を彼に見せること。

彼が描いている令嬢のイメージとおそらくかけ離れた生活をしているわたくしを見て、彼がどう判断するのかを知りたい。

「ベラトリクスも……可愛らしいな。そのような姿は見たことがなかった」

「……ありがとうございます。ふふ、ドレスと違ってとっても動きやすいのですよ」

褒められた簡素なワンピースをよく見せようとくるくると回る。

「回らなくていい……！」

「お嬢様、はしたないですよ」

すると、アルデバラン殿下とウィルから止められてしまった。グレーテが選んでくれたワンピースはいつも可愛くて、今日のものは後ろについている華奢なリボンが素敵だから是非見せたかったのに。

「では、行きましょうか。ウィル、いつものコースでお願いね」

「はい。お任せください」

今日はウィルが馬車の御者（ぎょしゃ）となる。なんでも出来る万能な執事だ。

そうしてわたくしは、お忍びスタイルの殿下とともに、侯爵家のお忍び馬車へ乗りこんだ。それからいつもどおりの場所に馬車をひっそりと停め、降り立ったわたくしたちは目的地に向けて並んで歩いている。

周囲に下町ではあまり見たことがない屈強な男たちがウロウロとしているが、おそらく彼らは殿下の護衛なのだろう。警備が万全で安心する。

「……これが、城下か」

ホッと胸をなで下ろしたところで、もの珍しそうに周囲を眺めていた殿下からそんな発言が溢れ、わたくしは思わず眉をひそめた。

「……まさかとは思いますが、城下に出たことがないなんてことは、ありませんわよね？」

「そのまさかだ。商人は城に直接来るから欲しいものは城で買えるし、こうして私が城下に出るとなったら、騎士たちに多大な迷惑をかけるだろう？　それでなくとも、勉強などで忙しかったからな」

「まあ……」

開いた口が塞がらない、とはこのことだろう。

城に住んでいながら、足元の城下町で遊んだことがないなんて想像もしていなかった。

たしかに乙女ゲームの説明書にも〝真面目で責任感の強いまっすぐな性格〟とは書かれていた第一王子ではあるが、本当にそうらしい。真面目がすぎる。

誰も彼を息抜きに連れ出そうとはしなかったのだろうか。だからこそ、彼は貴族の常識からした ら型破りで天真爛漫(てんしんらんまん)なヒロインに惹かれていったのかもしれない。

「レグルス殿下はちょこちょこ外に出ていらっしゃるのでしょう？」

気を取り直して隣を歩く殿下に問う。ミラを好いているというレグルス殿下は、きっと何度もあの食堂に足を運んだはずだ。気がつかなかったけれど。

「レグルスはいいんだ。いずれ公爵になるのだからな」

「……公爵だろうが王だろうが、息抜きをするのは悪いことではありませんわ。仕方ありませんね、わたくしがきっちりと遊び方をお教えしますわ！」

バンと胸を張ったわたくしに、殿下は「お手柔らかに頼む」とまた真面目な顔をする。

困ったものだ。この人は筋金(すじがね)入りの真面目なお人柄らしい。

わたくしは当初の目的であった〝彼の反応を見る〟という点はひとまずその辺に置いておくとして、なんとか彼に息抜きの楽しさを教えたいという謎の使命感に駆られる。

「手始めに、まずは腹ごしらえですわね。とっても美味しい食堂がありますの。わたくしのお気に入りのお店にご案内いたしますわ！」

そう、まずはご飯だ。アルデバラン殿下を伴って、わたくしはまずいつもの食堂へと足を運んだ。

席へ案内してくれた店員はミラではない。今日はお休みのようだ。

「ええっと……焼きうどんと、メンチカツをお願いします」

わたくしが注文したのは、自身もこの食堂で初めて食べた料理だ。とても美味しくて、楽しい思い出が出来た。そういえば、あれから引きこもり生活が始まったのだった。

チラリと向かいの席の殿下へと視線を向ける。落ち着かないようで、そわそわとしていることがつぶさに伝わってきた。

「……本当に、お忍びをしたことはありませんの？」

「ああ。地方の視察としてはあるが、大抵は領主の屋敷で食事をとっていた。こうして皆に交ざって食事をするというのは……初めてだ。料理名も聞いたことがない」

「ここは貴族の間でも有名ですのよ。お忍びの方もよくいらしているわ。あなたの弟も」

「そうだったのか」

ひとつひとつに感心しながら、彼はまっすぐにわたくしの話を聞いている。

頼んだ料理が運ばれてきたときも、それをひと口食べたときも、「これはなんだ？」「旨いものだな」と素直な反応を見せる殿下の様子を微笑ましく思いながら、わたくしも食事を楽しんだ。

それから次に向かうのは、わたくしのもうひとつの行きつけの場所だ。

「ここは……孤児院か」

「ええ。わたくしの行きつけですわ」

「君の活動については、アークからも聞いている。とても素晴らしいことだ」

新しい絵本も作ったし、これまでの紙芝居もある。せっかくなので、殿下にもその様子を見てもらおうと思ってのことだったのだけど……

「お兄ちゃん、遊ぼー!!」

「にいちゃん、鬼な。じゃあみんな隠れろっ！」

「「わーっ！！」」

――到着早々、元気な男の子たちに新しい遊び相手と認定された殿下は、早速かくれんぼの鬼に勝手に任命されてしまった。

子どもたちは殿下に鬼を言いつけると、ピューッと散り散りに走り去る。もう始まっているらしい。

「ま、待て。鬼とはなんだ。なぜ、皆でいなくなるのだ、どこへ行く⁉　ベラトリクス、君も笑っていないでどうしたらいいのか教えてくれ……！」

なんのことだかわからずに目を白黒して狼狽えている姿が新鮮だ。そんな彼を観察していると、笑っていたことがバレてしまっていた。

「ふふ、〝かくれんぼ〟という遊びですのよ。目をつぶって十まで数を数えたら、いろいろなところに隠れている子どもたちを捜して差し上げてくださいませ。小さい子たちは頭だけ隠して身体が丸見えだったりしますの。可愛らしいのですよ」

「ふむ……わかった。では数えよう」

しっかりと目を閉じた殿下は、教えたとおりに、いーち、にーい、と数を数えている。

食堂にしろ、この孤児院にしろ、彼がここまで拒否反応を示さなかったことは、とても意外だった。

貴族の中には、こうした場所を見下す者だって少なくはない。子どもたちに触られるのを嫌がる人だって多いはずだ。

「――じゅう。よし、数え終わった。もう捜していいのだな？」

「ええ。大きな子たちは上手に隠れていますので、頑張って捜してくださいませね」

「望むところだ」

腕まくりをした殿下は、そう言って子どもたちを捜しに出発する。わたくしは女の子たちに絵本を読み聞かせながら、一生懸命子どもたちと遊ぶ殿下をそっと見守った。

帰り道の馬車の中で、夕陽に照らされた殿下はわたくしにまっすぐに告げた。

「今日は非常に有意義だった」

服はところどころ破れたり、葉っぱがついたりしている。髪にも随分と土ぼこりがついている。

彼が全力で子どもたちと向き合った結果だ。

「机上だけでは何も見えないな。国民生活の一端をよく知れた。ありがとう、ベラトリクス」

黒髪から垣間見える紫の瞳。やはり彼は王子で、こうして城下にいる間も国のことを考えているのだ。

「……まあ、殿下。今日一日で城下のことをすべて知ったおつもりですか？　まだまだこの町は広いのです。それに他にもたくさんの町がありますわ」

「それもそう、だな……」

少し寂しそうに、彼は自嘲気味にそうつぶやく。

その表情を見て、わたくしは思わず彼の手を取った。

「まずはこの町のことをもっと知りましょう。お手伝いしますわ」

「……君が、一緒にいてくれるなら」

「ええ。町歩きならお任せくださいませ！」

まだパティスリーにも案内したいし、食堂の全メニューを制覇するまでは時間がかかりそうだ。

このあたりにはおもしろい雑貨屋さんもあるし、鯛焼きの鋳型(いがた)を扱い始めたという話題の工房に案内するのも楽しそうだ。

「そういう意味ではないのだが……。まあ今は、それでもいいか」

「？」

わたくしがあれこれと次の予定を考えていたときに、殿下がつぶやいた言葉はよく聞き取れなかった。

ただ、今まで見たことのない穏やかな笑顔がわたくしに向けられていて、差しこむ夕陽に照らされたその姿はとても綺麗だった。


その一週間後、わたくしはまた黒髪の付き人ふうスタイルの殿下とともに町に来ていた。

今日はパティスリー一番星（エステル）の行列にふたりで行儀よく並んでいる。例に漏れず、いつもよりムキムキな客が列に紛れこんでいる。

「この行列は……すごいな。まだ開店前なのだろう？」

「ええ。とっても人気がありますのよ。お店が出来たのはそんなに前ではありませんが。わたくしもお気に入りですの」

「ここはたしか、叔父上（おじ）も携わっているのだったな」

「ええ、そうですわ」

声を潜（ひそ）めながら会話をする。

この店はバートリッジ公爵家公認のパティスリーなのだ。どうしてジークハルト様が急に菓子店を始めたのかは謎である。

それに、乙女ゲームではこのバートリッジ公爵は病弱独身のイケオジ枠だったのに、この世界の彼は愛妻家でしかも事業家だ。もはやゲームの設定からかけ離れすぎている。

殿下には偉そうなことを言っていたわたくしだけれど、引きこもりの殻を破って周囲をよく見てみれば、そこには乙女ゲームとはまったく違った世界が広がっていた。

数日前の出来事を思い出す。

殿下との関係修復を図ると同時に、わたくしの王妃教育も再開された。両親とともに恐る恐る王妃殿下のもとを訪ねると、そのことを快く了承してくれたのだ。

『うふふ、お城に来ていなかっただけで、派遣した教師からはあなたが素晴らしい生徒だと聞いているから基礎は大丈夫よ。ねぇ、ロットナー卿』

『ええ。ベラはとても優秀です』

その会話に驚いて両親を見上げると、ふたりは意味ありげな顔でわたくしを微笑み返してきた。

かつておこもり生活をスタートしたとき、『勉学も忘れてはなりませんよ』とウィルが連れてきた優秀な家庭教師には実はそういう裏があったらしい。これからやり直して間に合うのだろうか、と不安になっていたが、少し気が楽になった。

『そんなことより。ベラトリクス嬢、うちのアランのこと、よろしくね。毎日連れ出してくれてもいいわ』

『は、はい。わかりました』

穏やかに微笑む王妃の表情に、あの日の帰り道の殿下の笑顔が重なる。彼女の言葉に頷きながら、やはり親子なのだなあとしみじみ感じた。

「いつまで待たせるんだ！　さっさと商品を渡さないか！」

回想に浸っていたわたくしの耳に入ってきたのは、男性の怒鳴り声だった。

「お客様。お店でそのように大きな声を出されると困ります」

「お前がこの店の責任者か？　この女がさっさと商品を売らないから悪いんだろう！」

「列にきちんと並んでいただければ、お売りします」

「っ、ふざけるな！　私はロットナー侯爵家の遣いだぞ！　こんな平民たちに売るものがあるんだったら、さっさとお嬢様のために商品を渡せっ！」

その迷惑客はどうやら列に並ばず、貴族だから早く菓子を寄越せとこの店の店主に詰め寄っているようだ。わざわざ、うちの家名を使って。

最近、ロットナー侯爵家の名を騙っていろいろな店に迷惑をかけている輩（やから）がいるという話はウィルから聞いていた。その対策のため、ここ数日は見張りの人数もずっと増えている。

他の客のざわめきが大きくなりつつある。

殿下を見上げると、彼も険しい顔でわたくしを見ていた。

「……行ってくる。ベラトリクスはここにいてくれ」

殿下はわたくしにそう言うと、列の後ろのほうを振り返って何やら合図をする。そして颯爽と列を離れていった。

「――お前、何者だ」

わたくしも少しだけ列から顔を出して様子を窺う。殿下は騒ぎを起こしているその男の手首を捻り上げているようだった。

「なっ、な、何をする！　ロットナー侯爵家の遣いに対して無礼だぞぉぉ！」

「侯爵家に仕えているからといって、お前が偉くなったつもりか？　そもそも貴族に権限を与えているのは、こうして民の暮らしを邪魔するためではないのだが？」

「なんだ、若造がっ」

「……お前は、ロットナー侯爵家の遣いといったな」

「そ、そうだ。だからこの手を離せっ――？」

その男が暴れようとしたところで、殿下の指示で店内に入ってきていた複数の騎士がその男を取り押さえた。強い力で床にペチャリと押さえつけられ、苦しそうに悶えている。

「どこから来たかは知らないが、貴族の名を騙ることは重罪だ。それにバートリッジ公爵家公認のこの店で騒ぎを起こすとは、大したものだな。――こいつを連れていけ」

殿下と騎士がその男を取り囲んでいるところで、わたくしも急いでその場へと向かう。床に潰れている男は、どう見てもうちの使用人ではない。

「まったく知らない使用人ですわね。こんな人いたかしら」

「誰だお前はっ！」

「まあ……お話によると、あなたはわたくしのために お菓子を買いに来たのではなくって？　ロットナー侯爵家に、わたくし以外に娘がいたかしら。でもわたくし、美味しいものは基本的に自分で買いにいく主義ですの」

「は……まさか」

強気な態度を見せる男に笑顔でそう言うと、彼の顔はどんどんと青ざめていく。

ロットナー侯爵家の名を騙りながら、そこの令嬢の顔を知らないだなんて、随分とずさんな計画だ。

うちの名を使って市民の生活の邪魔をするなんて、許せない。

殿下の合図で騎士たちに力なく引きずられていく男を眺めながら、彼の背後にいるであろう黒幕に対してふつふつと怒りが沸いてくる。

「……ベラトリクス、よかったのか？　君は普段からお忍びで来ているのだろう」

「いいのです。我が家の名を汚されて、黙ってなどいられませんわ。わたくしはもう逃げも隠れもしません」

こうして大々的にみんなの前で注目を集めてしまった。ベラとしての仮の姿はもう終わりだ。

「そうか。あの者は私が責任を持って取り調べる」

「ありがとうございます」

少しずつ落ち着きを取り戻しつつある店内で、わたくしは怒りが収まらないまま、ふと視線を感じて店の厨房のほうへと視線を向けた。

「……あら。ミラじゃない。ここも手伝っているの？」

そこでパチリと目があったのは、茶色の髪の少女だ。彼女にそう声をかけると、とても驚いたようで目を丸くしている。

わたくしに見つかったことでよほど焦っているのか、引っこんだりまた出てきたりと忙しい。

このパティスリーにも出入りしているなんて、と思いながら慌てふためく彼女の様子を見ていると、ふしゅうと空気が抜けるように怒りの気持ちが萎んでいくのがわかった。

「ねえミラ。ミラはここでも働いているの？」

「は、はい。そうなんです」

問いかけると、ミラは観念したようにわたくしの近くへ出てきた。

「――そう。では、この店の責任者を教えてもらいたいのだけれど、そちらの方でよいのかしら？」

先ほどまであの男の対応をしていた男性を見る。ミラはその男性と顔を見合わせるとコクリと返事をした。やはり彼がこの店の主らしい。

「はい。私が責任者のドミニクと申します」

「少しお願いがあるのだけれど、いいかしら。……今並んでいるお客様に、騒ぎのお詫びとして一番星（エステル）のお菓子を振る舞っていただくことは可能かしら。代金はロットナー侯爵家でお支払いします」

「えっ？　あ、は、はい……承知いたしました。本日は新作もございますし、このミラが手伝ってくれていますので、量も十分足りており、問題ありません」

「まあ、新作！　ではそれにしましょう」

店主と話がついたため、わたくしはすっかり乱れてしまった店内の行列へ向き直る。

「……皆様、お騒がせしてしまって申し訳ありません。ベラトリクス・ロットナーとして、貴族のつまらない諍いに巻きこんでしまったことをお詫びいたします。店主の了解もいただきましたので、新作のお菓子をお持ち帰りくださいませ。お代は結構ですわ」

出来るだけ優雅に、出来るだけ穏やかに、と心がけて、わたくしは騒ぎの中にいた人たちに対してゆっくりと腰を折った。

「うおおお、お嬢さまぁっ！」という野太い声も聞こえたが、おおむね喜んでもらえているらしい。

そのことに安堵したわたくしが隣に立つ殿下を見上げると、黒髪の奥の紫の瞳は眩しいものを見るように細められていた。


喧騒がすっかり落ち着いた店内のカフェコーナーで、わたくしと殿下の前にはさまざまな林檎のお菓子が並べられていた。

「どうぞ。新作のお菓子です」

それらを運んできてくれたのは、ミラだった。

「まあ！　とっても美味しそうね。林檎のタルトだなんて、わたくしの大好物だわ」

タルトタタンに、アプフェルシュトゥルーデルという呪文のような名前の菓子、それから可愛いらしいお花の形のアップルパイ。どれから食べようか、とても悩ましい。

「ミラ。せっかくたくさん作ってくれていたのに、わたくしのワガママでみんなに振る舞ってしまってごめんなさいね」

「いいえ。私も調子にのって作りすぎていたので、ちょうどよかったです」

美味しいご飯だけではなく、こんな素敵なお菓子まで作れるなんて、ミラの才能は本当に素晴らしい。そしてそれを鼻にかけることもなく、純粋にお客さんを喜ばせることだけを考えている彼女を、わたくしはとても気に入っていた。

レグルス殿下が惹かれるのもわかる。彼の雰囲気が柔らかく優しくなったのも、ミラの影響なのだろう。

「わたくしも早く食べたかったわ。ねえ、あなたはどれにする？」

「あ、あなた……だと。っ、君が先に選んでくれ。菓子が好きなんだろう」

先に選んでもらおうと殿下に話をふると、なぜだか少しぶっきらぼうに返されてしまう。ほんのりと頬が赤い気もするが——あら、わたくし何か不味いことを言ったかしら。

ミラも不思議そうに殿下を眺める。殿下も視線を感じたのか彼女のほうをまっすぐに見ている。

「……レオの、お兄さん？」

「ぶっ!!」

「あら、ミラったらもう見破っちゃったの？　ウィルとふたりでここまで仕上げたのに」

ふたりが見つめ合うこと十数秒、彼女がポツリとこぼした言葉は、正解だった。

ウィルとともになるべく付き人感を出すようにと変装に力を入れたが、やはり元々の顔立ちは、じっくり見るとわかってしまうようだ。

殿下は紅茶を手に固まってしまっているが、その様子もおかしくなってわたくしはついつい笑ってしまう。

給仕を終えたミラが去ったあともおかしくてにまにまと殿下を眺めていると、照れくさそうに頭をぽりぽりとかいている。

「バレてしまいましたわね。流石はミラだわ」

「……弟と少しは似ているからな。仕方がない」

「ふふっ、そうですわね。ほら、あなたが選ばないのなら、わたくしが勝手に決めてしまいますわよ？　このタルトなんて、とても美味しそうですわね。はい、あーん」

「な……っ、き、君という人はっ」

タルトタタンにフォークを入れて、それを殿下の口元へ運ぶと、彼は火がついたようにボボボッと赤くなってしまった。林檎のようだ。

孤児院の子どもたちや、ウィルとはまったく違う反応になんだかくすぐったくなってしまう。

なんというか、彼をもっと困らせたいような、不思議な感情がむくむくと芽生えてしまっていた。

「うふふ、ほらほら遠慮しないで、あーん、ですわ！」

「っ……むぐ」

真っ赤になりながらも、わたくしが食べさせた林檎のタルトを殿下は懸命に咀嚼している。その様子がとても可愛くて、わたくしはなんだか心がとても満たされていく。

食べ終わると、「また来るわね」とミラに挨拶をして店を出た。

次は食堂に行かなくては、とそちらのほうへと足を向けると、そのあたりの地理はもう頭に入っているらしい殿下からは驚いたような顔を向けられる。

「先ほどまで、菓子を食べていたと思うのだが……？」

「お好み焼きは別腹ですの」

「……」

少し非難めいた目を向けながらも、殿下はわたくしの意思を優先してくれるらしく、付いてきてくれる。

「……ベラトリクス。食事が終わったら、今日は私の用事にも付き合ってもらえるだろうか」

「ええ、もちろんですわ」

「よかった。……楽しみだ」

「？」

楽しみという割に、少し強張った顔をしている殿下を不思議に思いながら、わたくしは足を進める。

そのあと、食堂できっちりとお好み焼きを完食したわたくしは、殿下の用事という名のもとに、中心街にある平民向けのアクセサリーショップや雑貨店巡りをすることになったのだった。

◆　閑話　王子と婚約者　◆

週末、アルデバランはベラトリクスとともに下町の食堂に来ていた。もはや毎週の恒例行事となっている。

これまで仕事ばかりしていたため、こうして外出することについて咎められるかと思ったが、周囲の反応はアルデバランの予想とまるで違っていた。

文官には『普段からもっと休んでください』と懇願される始末だ。

「この茶色いものを食べるのか？　この白い粒はなんだ」

アルデバランの目の前には、食欲をそそる香りではあるものの、なんだか得体の知れない食べものが運ばれていた。

店員の説明によると、それは〝カレー〟という料理らしい。

茶色の部分はソースなのだろうか。だとしても、それがのせられているこの白い粒々は一体なんなのか皆目見当がつかない。

「その白い粒はお米という穀物ですわ。パンや麺と同じく、主食となるものですの。こうして一緒に食べると……うん、とっても美味しいですわ！」

それらをスプーンでひとすくいしたものの、どう食べるべきかとアルデバランが考えあぐねていると、目の前に座る赤髪の少女は躊躇することなくそれを口に運んだ。

そして何度か咀嚼したあと、いつもどおりに幸せそうな顔をしている。

――こうして、婚約者である彼女と穏やかに過ごす日が来るなど、思ってもみなかった。

彼女を眩しく眺めながら、そんなことを思う。

和解のためにと設けられた話し合いの席で、なんとか彼女に思いの丈をぶつけて、それを彼女も受け止めてくれた。そうしてそれから、こうして週末になるとふたりで城下で過ごす。

初の城下、初のふたりでの外出。

緊張していたアルデバランとは違い、彼女は自然体でのびのびと楽しそうに過ごしていた。

「……不思議な味だが……悪くはない」

ベラトリクスの真似をして、スプーンを口に運んでみると、カレーとやらの初めての食感や味に驚きはしたが、その奥深い味わいは不思議とあとを引く。

「これが案外癖になりますのよ。カレーパンというのもあって、油で揚げたざっくりとしたパンの中から熱々のカレーが飛び出してきますの。麺がお好きなら、カレーうどんもおすすめですわ」

「そうか」

「どうして笑っていますの」

「いや、君は案外……表情豊かなんだなと思って」

食べものについて情熱的に語る婚約者はとても楽しそうで、可愛らしくて、アルデバランは自然と笑顔になってしまう。

いつもの貼りつけた笑みとは違い、こうして自然と笑えるのは彼女の前でだけだ。

「わたくしは前からこうですわ。……学園以外では」

気を悪くしたのか、ベラトリクスはプイとそっぽを向き、黙々とカレーの続きを食べ始めた。

たしかにベラトリクスは学園では未だに孤高の存在として誰をも寄せつけないオーラを放って

いる。

〝男爵令嬢と親密になり、婚約者を疎かにする王子〟

エックハルト侯爵家を欺くためとはいえ、その設定を守るために学園ではベラトリクスに話しかけられないことにアルデバランはもどかしさを感じていた。

どこかの貴族の差し金で、学園では貴族と平民が完全に校舎の行き来を遮断され、社会の縮図のような息苦しい状況となっている。

ベラトリクスが自分の最愛の婚約者であるとみんなに示したい。いつしかそんな独占欲のようなものも芽生え始め、『気持ちはわかりますが、我慢ですよ、アラン』と同じように苦虫を噛み潰したような表情のアークツルスに窘められ、何度声をかけることを我慢したか。

アークツルスも、アルデバラン同様に他に愛する者がいるが、この作戦のために男爵令嬢に傾倒する貴族子息筆頭として演技している。

早く時が来ないものかと、ため息をつきながらもカレーライスを口に運ぶ。

最初は恐る恐るだったが、徐々にその味わいに夢中になる。何度か咀嚼を繰り返したあとにベラトリクスに視線を戻すと、彼女も得意げにこちらを見ていた。

「君といると、毎回新しい発見があるな」

本当に学ぶことばかりだ。

机上とは違い、町には人が生きていた。当たり前のことだが、どこか頭でっかちになりつつあったアルデバランは、ベラトリクスと過ごした下町での初日、頭を殴られたような衝撃を受けた。

孤児院で、親がいない子どもたちの屈託のない明るさに触れて、すべての民が幸せになるにはどうしたらいいだろうかとまた深く考えるようになった。

「君、だなんて他人行儀ですわ。ベラと呼んでくださってもかまわないのですよ?」

ふふ、と笑顔を見せた彼女は、そう告げた。

「っ、では、そう呼ばせてもらう。……ベラ、私のこともアランと呼んでくれるか?」

思わずピシリと固まりそうになるが、なんとかそう言葉を紡ぐ。ちゃんと笑顔を返せているだろうか。

いつものようにスマートに返したいが、彼女を前にすると笑顔すらぎこちなくなってしまう。

「ええ、アラン。もちろんですわ」

「!」

ベラトリクスが〝アラン〟と呼ぶ声に、心臓を鷲掴みにされたような息苦しさを感じる。

彼女の赤い髪も、少し悪戯(いたずら)っぽい紅の瞳も、すべてが愛おしく感じてしまう。

「ほら、アラン。こちらの辛いカレーも食べてみて?」

「きっ、君は……!」

息をつく暇もなく、ベラトリクスはアルデバランに自分が食べていたキーマカレーを勧めてくる。

躊躇なくそういった行動をするため、心臓がいくつあっても足りない。

アルデバランが顔を真っ赤にしていると、なかなか食べようとしないことに業を煮やして、ベラトリクスは差し出していたお皿を引っこめてしまった。

「……ベラ、やはり、そっちのカレーもくれないか？」

アルデバランがそう言うと、少ししょんぼりしていたベラトリクスは、パアアッとわかりやすく明るい表情になる。

こうしてベラトリクスが喜んでくれるなら、自身の羞恥心など少し我慢すればいい。

「はい、アラン。あーん」

「……っ！」

意を決したアルデバランだったが、ベラトリクスのあーん攻撃に呆気なくまた真っ赤になる羽目になった。


帰り道の馬車の車中で、アルデバランは小さな箱をベラトリクスに手渡した。

「ベラトリクス、これを」

「開けてもいいのですか」

頷くと、ベラトリクスはゆっくりとリボンを解き、箱を開ける。

「まあ。可愛らしい髪飾りですね。あら、これって」

「君が以前、店を案内してくれただろう？　そのときに気に入っていたようだったから。これまでのお礼の気持ちも含めて、君に贈りたかったんだ」

「あ、ありがとうございます……！」

和解したあとの彼女に贈るなら、最初は髪飾りだと決めていた。確認したいことがあったからだ。

「ベラトリクス、話がある。幼いとき、私が君に髪飾りを贈ったことがあっただろう。……お茶会のときに、それをどうして捨てていたのか、聞かせてほしいんだ」

「……あ」

笑顔だった彼女の表情が、張りつめたように固まる。

関係を再構築する上で、このことは自分の口から聞こうとアルデバランは決めていた。

「……見ていらしたの？」

「君を捜しに行ったときに、偶然。どうしてだかわからなかったんだ。君は喜んでくれたと思っていたから」

「……」

赤い石があしらわれている髪飾りを握りしめながら、彼女は唇に力を入れているようだった。

「……ベル様が」

「え？」

「アナベル様が、同じものをつけていました。ですから、わたくしへの贈りものといいながら、本当は彼女のために選んだもののついでなのだと……思ったのです」

「！」

アルデバランをまっすぐに見据える紅の瞳は、力強くも泣き出しそうに震えていた。

——やっぱり、そうだったのか。

アルデバランは、ベラトリクスの言葉に納得した。アナベルに髪飾りを贈ったのはアルデバランではないが、それを贈った人物が狙っていたとおりになってしまっていた。

あの側仕えのオスヴィンが自供したとアークツルスが言っていたことは、やはり事実だったのだ。

〝仲違いをさせるために、アルデバランが用意した髪飾りを模倣したものをアナベル嬢に贈った〟

という腹立たしい出来事は。

「そうだったのか……。ベラトリクス。私の話を聞いてくれるだろうか」

言い訳に聞こえるかもしれないが、それでも。

あの日の出来事でアルデバランとベラトリクスの関係にひびが入り、そこからはそのひび割れた花瓶に水を注いでいるかのような無為な時間を過ごしてしまっていた。そのことを話したい。

「……ええ。それにしてもアラン。先ほどからずっと〝君〟ですわね。もうベラとは呼んでくださらないの？」

「っ、そうだな、努力する」

アルデバランがたじろぐと、その様子がおかしかったのかベラトリクスは軽やかに微笑む。

どこか張りつめていた車内にも穏やかな空気が戻り、アルデバランはようやく、あの日の出来事についてベラトリクスに説明をすることが出来たのだった。

◆　閑話　側仕えと側近　◆

アークツルスはある部屋の戸を叩いた。入口には顔馴染みの騎士がいて、彼らにも会釈をする。

「オスヴィン、出来ましたか？」

薄暗い部屋の中で、ランプのある机だけが明るく照らされている。

そこにいた頬の痩けた男――オスヴィンはアークツルスの来訪を知り、満面に喜悦の色を浮かべた。

「はい、このとおり！」

今まさに書き終わった手紙を、オスヴィンはアークツルスに手渡す。

『アルデバラン殿下はすっかりシャウラに傾倒しており、執務中も彼女のことばかり考えています。シャウラはクルト伯爵子息を含めた他の子息も大勢手玉に取っており、計画は順調です。それから――』

パラパラとオスヴィンの書いた手紙に目を通す。そこには学園の様子が綴られていて、あたかもシャウラの行動がすべてうまくいっているような内容だ。

もちろん、それは偽の情報。

たしかにあの堅物王子は最近、仕事中にもの思いに耽ることが増えたが、その原因はシャウラではなく別の女性にある。わかりやすすぎるほどに。

「うん。まあ大体これでいいでしょう。よく出来ましたね」

手紙から顔を上げたアークツルスは天使のようだと評される笑顔を作り上げ、それをオスヴィンに向けた。不安そうにしていた彼の顔が、パッと明るくなる。

「で、では、アークツルス様、お約束どおり……！」

「まだです。これを読んだエックハルト侯爵がどう出るかわからないですからね。最後まで続けてもらいます。君が裏切らないとも限らないし」

「そんな……！」

先ほどオスヴィンがアークツルスに手渡したのは、エックハルト侯爵へ向けた定期的な報告書だ。いつのころからか、王家の忠臣であったはずのこの男は、あの悪党の手先となっていた。この定期報告もその一環である。

長年続けてきたそれは、あるときを境にアークツルスの検分のもとに行われるようになった。アルデバランが幼少のころから側仕えとして仕えてきたオスヴィンであったが、数年前に極秘裏にその任を解いた。

本人もよくわかっていないだろう。この事実を知るのはアークツルスとアルデバランのみであり、外向けには変わらず王子の側仕えのひとりとして業務に従事させている。

だが、内実はこうしてアークツルスの手足となり、エックハルト侯爵相手に嘘の報告書をつらつらと書き連ねているのだ。

先日、侯爵が直接訪ねてきた際には案内人を買って出た男であるため深く信用は出来ないが、オスヴィンの弱みは完全にアークツルスが握っている。

「愚かですね、オスヴィン。違法な賭博（とばく）に手を出して身を滅ぼすなんて。エックハルト侯爵の甘言は、君に染み渡ってしまったようですね」

「……っ、約束は守ってくださいね！」

「――ええ、時が来たら」

自身の半分以下の年齢のアークツルスの足元にすがりつくオスヴィンは、はたから見るととても滑稽だろう。だがもう彼はなりふりなどかまっていられないのだ。

エックハルト侯爵の誘いに乗り、カジノに出入りするようになったオスヴィンはすっかり賭博と違法薬物に魅せられている。

手持ちの財産は何も残っていない。彼はもう何が正しいのかの判別もついていないのだろう。

「この手紙は預かります。では、僕はもう行きます。ほら、これは今週の分。急いで飲みすぎると、あとが辛いから気をつけるんですよ」

「は、はいいっ、ありがとうございます」

アークツルスが手を差し出すと、飢えたような顔をしたオスヴィンは、ぎらぎらと目を血走らせながら奪うようにその丸薬を手にした。

獣のようにボリボリと丸薬を貪るその姿は、かつての国王にも仕えた優秀な側仕えだったころの面影は微塵も感じられない。

「うん、いい子ですね、オスヴィン。ではまた来ますので。あと少しの辛抱ですよ」

最後に妖艶な笑みを見せて、アークツルスはその部屋を出た。

「……ハハハ、あと、少し……！」

扉の向こうからは、オスヴィンのそんな歓喜の声が聞こえてくる。薬が手に入ったことで、一時的に気分が高揚しているのだろう。

「引き続き、警護を頼みます」

騎士たちに告げると、彼らはアークツルスにピシリと敬礼した。もはや正気ではないオスヴィンは、この部屋が座敷牢だとは気がついていないのだろう。

ため息をつきながら、アークツルスは初めてオスヴィンを尋問した日のことを思い出す。

ベラトリクスに贈りものが届いていないことと、その贈りものの行き先についてアークツルスが至極穏便に彼に尋ねたところあっさりと口を割った。

本当の主人であるエックハルト侯爵をもう少し庇うものかとも思ったが、彼らの間にあるのは金の繋がりだけで、オスヴィンは金と薬さえ手に入ればあとはどうでもいいらしい。

始まりは些細なことだ。

エックハルト侯爵に誘われて賭博に手を出したオスヴィンは、初めての賭博で大金を儲けることが出来、その高揚感が忘れられずにすっかりのめりこんでしまった。

だが、大勝出来たのは初回のみで、あとは少しの勝ちと大敗を繰り返しているうちに借金が膨らんでしまったのだ。

そして彼は侯爵に金を借り、その見返りにいつしか侯爵の手足となり、いずれ王太子となるアルデバランを失脚させるための材料を集めるようになっていった。

侯爵の指示のもと、ロットナー侯爵家と王家との分断を目論み、アルデバランからの贈りものに細工をしてきたのもその一環だ。もっとも、オスヴィンは途中からはその贈りものを自らの意思で自分の懐に納めて、賭博の泡としていたのだから言い逃れは出来ないだろう。

その過程で、彼はいつの間にか賭博だけではなく違法な薬物にも手を出していた。この薬物についてもエックハルト侯爵の関与があると見ている。

現在は気休め程度に、バートリッジ公爵夫人に調合してもらったただの栄養剤の丸薬を定期的に渡していた。

オスヴィンはこの件が終われば自由になれると思っている節があるが、それを許すアークツルスではない。もちろんそれは、国王もアルデバランも同じだ。

高笑いが聞こえなくなる位置までできてから、アークツルスは小さくため息をついた。

早く帰って義妹のスピカに癒やされたい。平気な顔をしてはいても、賭博と薬のせいで平常心をすっかり失ってしまっている人間を相手にするのは、流石のアークツルスも骨が折れる。

だがまだ、今日の用務は終わりではない。

アークツルスはその足で主人であり友人である男の執務室を訪ねる。

「アラン、いますか?」

重厚な執務室の扉をノックをすると、すぐに入っていいとの返事がある。

中に入ると、きっちりとした姿勢で机に向かうアルデバランの姿が目に入ってきた。

「首尾よく事は運んでいます。そちらはどうでしたか?」

アークツルスが問いかけると、アルデバランは真面目な表情を一転させ、柔らかく表情を崩した。

——成功したようだな。よかった。

友人のそんな穏やかな表情を見たのは初めてだ。アークツルスは内心驚きつつも友人の変化をうれしく思う。

「きちんとベラトリクスと話が出来た。やはりあのとき投げ捨てた髪飾りは、アナベルと同じものだったことが嫌だったかららしい」

かつてのお茶会でアルデバランが婚約者に贈ったプレゼント。それを模倣したものを何者かがバートリッジ公爵令嬢にも贈っていた。

そのせいで、お茶会で鉢合わせたときにベラトリクスはそれに気がつき、アルデバランが同じものを贈っていると勘違いしてしまったのだ。

「ああ、やはりそうでしたか。ベラトリクス嬢の誇りを傷つけるには、またとない一手ですもんね。アナベル嬢のもとにもアランの名で届けられていたというし、まったく狡猾(こうかつ)です」

「済まないな、アーク。いろいろと……手間をかけさせてしまって」

「いえ。いいんですよ。それに、僕もアランが王になってくれないと困りますからね。僕のためです」

第一王子であるアルデバランは、いずれ王となる。少し未熟な面はあるが、そんなものはいくらでも成長出来る。何よりも彼の真面目さと実直さは、常に相手の腹の内を探っているアークツルスにとっては眩しいくらいだ。

「ふっ、そうだな。アークのためにも、今回の件はうまく処理しなければならないな」

「そうですよ、アラン。最後はあなたにかかっています」

アークツルスがアルデバランに協力するのも、自らの地位を確立したいという打算の上に成り立っている。伯爵家の義理の息子である自身が、この貴族社会で誰にも文句を言わせないためには、それ相応の努力をする必要がある。

——そうしなければ、彼女が誹りを受けてしまう。それはなんとしても阻止したい。

以前、アルデバランのまっすぐさにあてられたアークツルスが正直にその胸の内を明かすと、アルデバランはその思惑ごとアークツルスを受け入れてくれた。

そして今でも変わらず友としての関係を保ってくれている。

「大丈夫ですよ、アラン。失敗しそうになったら僕が手助けします。失敗したら、まあみんなで国外に行くのもいいんじゃないですか？　ベラトリクス嬢はそういうのも好きそうですよね」

「たしかに、ベラは外国でもたくましく過ごせそうだ……と、駄目だ。そうしたらレグルスが王になってしまうだろう。あいつはそんなものは望んでいない」

「ああ、そうでしたねえ。じゃあレグルス殿下とミラ嬢も一緒に、僕とスピカも合わせて六人で出発ですね」

「アーク！　まったく。……ありがとう。少し気負いすぎていたようだな。君のお陰で少し楽になった」

アークツルスが軽口を叩いていると、それを咎めるような口調だったアルデバランは最後にふわりと微笑んだ。

つられるように、アークツルスも笑顔になる。

失敗などしない。させるつもりはない。寛容なアルデバランに足りない非道な部分は自分が補い、自分にないところはアルデバランに引っ張ってもらう。

「よかった。アラン、僕は一生君に仕えるつもりです。ともに頑張りましょうね。まずは、卒業パーティーを乗り越えましょう」

「そうだな。ベラも卒業パーティーにはこだわっていたようだから、なんとしても成功させよう」

卒業パーティーの日のことについて、かの令嬢には何か作戦があるようだ。そのことはアークツルスももちろん把握している。

「ええ、絶対に」

立ち上がったアルデバランがアークツルスに近づいてくる。顔を見合わせたふたりは、がっちりと握手を交わしたのだった。

第九章　悪役令嬢とヒロイン

ゴタゴタとした雰囲気のまま年が明け、卒業パーティーまで残りふた月となった。

冬季休暇明けの学園では、今年初めての生徒会が開催されている。

集まっているのは、いつもの生徒会メンバーだ。アルデバラン殿下にアークツルス様、レグルス殿下、騎士のカストル様、商家の子息であるメラク、それから顧問のベイド先生。

さらに加えて、例の男爵令嬢のシャウラ嬢も同席している。緊張しているのか、彼女の愛らしい顔は引きつっている。

その様子をじっと見つめていると、目が合った彼女はわたくしに向けて慌てて頭を下げて、勢いよく額を机に打ちつけてしまった。

ガン、と鈍い音がした。悶絶(もんぜつ)している彼女を見ていたこちらまで額が痛くなってくる。

「もう、シャウラはドジだなぁ～。痛いの痛いのとんでけー！　はい、もうだいじょうぶだよ、カストルに飛ばしたからねぇ」

「……おい、メラク、なぜだ」

涙目のシャウラ嬢の額をよしよしとなでて、愛くるしい表情を浮かべているのはダムマイアー商会の跡継ぎ息子であるメラクくんだ。ゲームでは可愛いわんこ枠の彼を、わたくしは心の中ではずっと「君」付けで呼んでいる。今日も可愛い。

名指しされた騎士のカストルがむっつりとした顔でメラクくんを見ているが、彼は「だってカストルってイチバンじょーぶそうだし」とけらけらと笑っている。

うん、メラクくん可愛い。前世の推しキャラだからいくらでも見ていられるわ。

「……ベラ」

メラクくんたちの絡みをにこにこと見つめていると、隣にいるアランから声をかけられる。見上げると、彼は不機嫌そうな顔をしていた。

「まあ、どうしたの？　アラン。そんなに難しい顔をして。ほら、リラックスして」

「……っ」

アランの眉間（みけん）の皺（しわ）を人差し指でぐいぐいと伸ばすと、彼の肌はブワリと赤みを増した。険しい顔ではなくなったけれど、今度は茹でダコのように真っ赤だ。

「ベラトリクス嬢。あまりアランをいじめないであげてくださいね。使い物にならなくなりますので。では皆さん、来月の卒業パーティーに向けて、最後の詰めをしましょう」

ため息をつきながら、アランの右側に腰かけているアークツルス様がそう切り出した。

伸びやかに過ごしていた面々はその一瞬でその表情を引きしめ、神妙な面持ちでそれぞれが頷く。

チラリと目をやれば、アランもすっかりいつもの表情に戻っていた。わたくしも居ずまいを正しみんなのほうへ向き直る。

「相手の動きも随分とわかりやすくなってきました。そろそろ何か行動に移すでしょう」

アークツルス様の言葉に、わたくしは深く頷いた。

ケーティたち御一行は、わたくしと対面すると不躾な態度を隠さなくなった。

調べたところによると、取り巻き令嬢たちの家門はあのエックハルト侯爵家の賭博場業により何らかの負い目があるようだ。そのためエックハルト侯爵家の手足となって活動に励んでいるらしかった。

そしてそれは、ウィルに調べてもらったブラウアー男爵家の近況とも重なる。

「あ、そーいえば、最近うちの店に、ベラトリクス様みたいな真っ赤な色のカツラの注文がはいってたよ～。これってグーゼンかなぁ？　長さとか色とかやけに細かい注文だったから、ビックリしちゃって」

「わ、わたし、三日後にあまり人のいない東棟の階段の踊り場に呼び出されています。べ、ベラトリクス様のお名前でっ」

メラククんがのんびりと返したあと、額の赤いシャウラ嬢も思い出したようにたどたどしくも発言をしている。

なるほど。これはゲーム終盤で起きるヒロイン階段落ちイベントに違いない。わたくしになりすました誰かが、シャウラ嬢に怪我を負わせるフリをするのだろう。

やっぱり、と思いながらさらに頷いていると、視線を感じて顔を上げる。わたくしを見下ろすのは、心配そうな顔を浮かべたアランだ。

「……ベラ。本当に、これをやるのか？」

彼が指し示すのは、配付してある資料だ。会議が始まる前にわたくしが配っていたのだが、説明する前に彼はすべて目を通したらしい。

そこには、卒業パーティーでの各々の立ち居振る舞いが記載されている。いうなれば、断罪劇の台本のようなもの。

わたくしはアランをまっすぐに見つめて、深く頷いた。それからまた姿勢を正してこの場にいる全員をゆっくりと見渡す。

「……ええ、殿下。それに皆様も、わたくしのワガママを聞いていただけますか？　狡猾に立ち回る彼らを炙り出すには、それ相応の衝撃が必要だと思いますの」

一度言葉を区切る。

「相応の衝撃、ですか。ふむ……まずは三日後の策も必要ですねえ」

ベイド先生は無駄な色気を振り撒きながら、パラリパラリと資料をめくる。

「ベラトリクス嬢、冒頭のこれは、兄上がやるんですよね？」

部屋全体が紙が擦れるような音に包まれる中、第二王子のレグルス殿下がどこか不安げにそう確認をしてくる。チラリとアランのほうを見たのは、気のせいではないだろう。

「ええ、もちろん。アルデバラン殿下には、婚約破棄をしていただきます」

そう告げて、わたくしは皆の表情を窺いながらにっこりと笑みを浮かべた。

——打ち合わせを終え、それぞれが帰路につく。

とはいっても、基本的に寮生活をしているため、別行動なのは城に戻るアランとレグルス殿下だけだ。わたくしも鞄に資料をつめて、寮に帰る準備をする。

「ベラ、少しいいだろうか」

「えっ？」

今まさに立ち上がって、部屋を出ようと考えていたときだった。レグルス殿下と話していたはずのアランがわたくしのところへとやってくる。

チラリと見れば、レグルス殿下たちはもう部屋の外に出ていったようで、アランとわたくしとアークツルス様だけが部屋に残っている。

「この台本についてだが……卒業パーティーの場で、彼らを炙り出すという趣旨は理解出来るのだが、『婚約破棄』について言及する必要があるだろうか」

紫水晶のような瞳に、わたくしが映っている。彼が先ほどからずっと渋い顔をしていた理由はこれだったのだ。

「あの方たちの狙いは、わたくしたちの不仲を煽ることですわ。そのためにシャウラ嬢を送りこんだのですから。最初にそのことについて言及したら、きっと彼らは浮き足立ちます」

婚約破棄。これほどインパクトのある言葉はないだろう。

「……たしかに、向こうの狙いどおりになったという油断を生むことが出来そうですね。彼らの狙いは色事にかまけたアランが選択を誤り、王太子の座を追われるということろですからね」

わたくしの意見にアークツルス様は頷きながら一定の理解を示してくれる。

「だがしかし、アーク！　私は……ベラにそんな言葉をかけたくはない」

アークツルス様に反論するアランの言葉に、わたくしは目をぱちくりとさせた。

婚約破棄を宣言されるということは、本来であれば非常に外聞が悪いことだ。

それも、この国の第一王子から言い渡されたとするならば、なおさら。本当にそうされてしまったとしたら、ベラトリクスは断罪に至らなくともずっと誹(そし)りを受けていただろう。傷もの令嬢としてみんなに腫れもののように扱われることは目に見えている。

それはまさに悪役令嬢ベラトリクスがたどったであろう末路で、だからこそわたくしもずっと『婚約解消』を望んでいた。言葉は似ていても、影響がかなり違う。

わたくしはこの『断罪劇』を上書きしたかった。どうしても断ち切りたかった。乙女ゲームという存在を。

知らない展開に恐れを抱くくらいならば、いっそのこと自分で舞台を作り上げてしまおうと思ったのだ。

――でもそれは、わたくしのワガママだわ。

考えてみたら、たとえ偽りの婚約破棄でもその場が騒然とすることは間違いない。

そうした記憶がまわりの貴族に残り、アランに対する心象も悪くなってしまうかもしれない。

「わたくしが浅慮でしたわ。たしかに婚約破棄だなんて騒動を起こしてしまえば、あなたの評判まで悪くなってしまいます。王太子としての素質を問われることに――」

「違う。私のことはいい」

「？」

自分の思惑のみで計画してしまったことに反省しながらそう述べると、あっさりとアランに遮られてしまった。

首を横に振った彼はどう言おうか考えあぐねているようで、口を何度もパクパクさせている。その背後でアークツルス様が軽く会釈をして静かに部屋を出ていくのが見えた。

「たとえ偽りだとしても……君に対してひどい言葉を投げかけることに変わりはないだろう？　言葉には力がある。ただでさえこれまでずっと話をしてこなかったせいで、君を悲しませていたというのに……」

悲しそうに眉を下げるその人の両手を、わたくしはしっかりと握りしめた。

「っ、ベラ⁉」

突然のことに驚いて、彼の紫の瞳が大きく見開かれる。

この人は、わたくしのことを慮（おもんぱか）ってくれている。そう思うと、胸のあたりがキュウとして、一層このシナリオをぶち壊したい衝動に駆られた。

「アラン、お願いしますわ。強制力だとか、そういうものに心を乱されるのはもう嫌なの。あなたのことは信頼しているわ。あとで叱責を受けるかもしれませんけれど、一緒に頑張りましょう……？」

「一緒に……わかった、善処する」

彼の両手を取りながら必死にそう言い募ると、彼はグッと言葉を噛み殺したようだった。垂れ下がる大きな耳が見えるようで、わたくしは目を細めてしまう。

学園でのわたくしたちの関係性は、外見上は何も変わっていない。

冷め切った婚約関係であるように見せるため、和解したあともずっと、深く関わらないようにして過ごしている。

その間も、アランやアークツルス様たちも動いていることは知っていた。シャウラをこちらの陣営に取りこめたのも、アラン殿下たちが頻繁に会いにいって話をしたからだと聞いている。

それに少しだけ、ほんの少しだけモヤモヤするのも、下町で過ごすときのように学園でも楽しく話したくなるのも、少し前のわたくしからしたら考えられないことだ。

「ではアラン。わたくしたちもそろそろ帰らないと。一緒に出るとおかしいから、わたくしは先に出ますわね」

パッと手を離して、わたくしは笑顔を作る。

「ああ、また、週末に」

「ええ。お待ちしております」

週末までは、またアランとしばらく話は出来ないだろう。

彼に手を振って生徒会室の外に出ると、壁に背をつけているアークツルス様と目が合った。とても麗しい笑顔を向けられる。

「ベラトリクス嬢。あと少し頑張りましょうね」

どこか名残惜しい気持ちでいることを知っているような顔でそう告げられて、わたくしもまた笑顔で返した。

「ええ。アークツルス様、お互いに」

彼もまた、この作戦のために最愛の義妹との時間を削っている。顔には出さないけれど、そのいら立ちがわかってしまう。アークツルス様は驚いた顔をしたかと思えば、また天使のように微笑んだ。


やけに長く感じる三日間を過ごし、ようやく週末がやってきた。

相変わらず学園では生徒会の面々と遭遇してもお互いに素知らぬ顔をしている。アランとの遭遇率がやけに低いのは、アークツルス様が調整しているからだという。有能だ。

「今日はどこに行くんだ？」

馬車の中で、黒髪の従者が尋ねてくる。もちろんこれは、アランが変装した姿。

ほとんど毎週のように、こうしてお出かけを重ねている。多忙であるはずの彼がどうやって時間を捻出しているのかが気になるけれど、どうやらこれまで休みなく働いていたアランを心配した周囲の人たちもあれこれ協力してくれているそうだ。

城下にもずっと出ていなかったくらいの真面目さだもの。わたくしがその立場でもそうしたと思う。

「ねえアラン、今日はパティスリーに行きましょう！」

季節は冬。キンと冷えた空気が肌をさすこんな日は、モッコモコの外套で外を歩くよりは店内で落ち着いて過ごしたい。

　それに、今朝侯爵家に到着したアランから、ミラとレグルス殿下の話を聞いてから、無性に甘いものが食べたくなった。なんと数週間前の星夜祭で、レグルス殿下がミラに正式にプロポーズをして、ミラもそれを受けたのだという。

　星夜祭は、年越しを祝う王都のお祭りだ。このお祭りで、人々は無事に一年が終わることを感謝し、新年も素晴らしいものになるようにと星に願う。

　実際にその期間に外に出たことはないけれど、侯爵家の窓から見える夜空はその一週間はずっと明るい。町は昼夜問わず鮮やかに彩られるのだ。

　第二王子の婚約はまだ外向けには公表していないため、この情報を知るのはごく一部の者のみ。わたくしは二人の婚約がうれしくて、朝からうきうきしている。

「パティスリーならばいつも行っている気がするが……」

「今日は特別よ」

　大真面目に答えるアランの手をむんずと掴んで、わたくしは早歩きで店へと向かった。

　パティスリーでは、偶然にもミラが給仕を行っていた。

　いつものように笑顔で接客されたあと、彼女の新作お菓子のサービスということでテーブルに並べられたものを見て、わたくしは愕然（がくぜん）とする。

「こちらは小豆（あずき）のお菓子です」

　この国ですでに市民権を得ている緑茶とともに出されたのは、小豆（あずき）たっぷりの白玉ぜんざいだった。

つやつやふっくらとした小豆からのぞくまん丸の白いお団子。見慣れたものではあるけれど、シュテンメル王国で一般的だっただろうか。

「っ、ミラ、これは……⁉」

卓上に並べられたぜんざいに気を取られたわたくしが顔を上げたときには、ミラはすでに席を離れて忙しそうにしていた。

「どうした、ベラ。これはまた珍妙な菓子だな。スープなのか？」

「……これはぜんざいといいます。ほら以前鯛焼きを食べたでしょう？　あの中に入っていたあんこと同じ材料で出来ていますの」

殿下に微笑みを向けながら、わたくしはミラの姿を捜した。

これまでもいろいろと不思議に思うところはあった。

メンチカツやロールキャベツは横文字だから、こんな世界にあってもおかしくはないと思ったけれど、お好み焼きの再現率はかなりのものだった。それ以降も食堂にはかつて見慣れた美味しいご飯が並ぶ。

お米だってあっという間にメニューに取り入れられて、鯛焼きやたこ焼きが売られ始めたときは、思わず目を疑ったものだ。そこに来て、この和風の甘味セット。

わたくしは木の匙を手に取ると、早速ぜんざいに浮かぶ白玉をすくい上げた。それから口に運ぶと、まずはつるんとした食感が口の中に広がる。それからもちもちと噛みしめる。

小豆の甘さはちょうどいい塩梅に調整されている。ほのかに感じる塩味と、それを包みこむような優しい甘さ。豆のちょっとした歯応え。すべてが一体となり、ほっこりとした幸せの味が広がる。

「甘いスープなのか。これは、おもしろいな」

「ええ。温まりますわね」

アランと舌鼓を打ちながら、わたくしの疑問は確信に変わりつつあった。

一度、ミラに話を聞いてみたい。そう決意して彼女の姿を捜すとようやくミラと目が合って、わたくしは彼女を優しく手招きした。

「ベラさん、どうかしましたか？」

不思議そうにしながらも近づいてきた彼女に、わたくしはこっそりと耳打ちをする。

「――ミラ、あなたも日本の記憶があるの？」

そう尋ねるとミラはその青色の瞳を極限まで丸くしたが、すぐに否定しなかった。賭けだったけれど、きっとこれはそうだと思っていい。

わたくしがうれしくなって立ち上がると、困った顔をしていた彼女は、やがてコクリと小さく頷いた。

「前から気にはなっていたの。ここもだけど、食堂の料理も日本で食べたものだったから。まさか、ミラも……！　なんてことなの、とってもうれしいわ」

わたくしは思わず彼女を抱きしめた。

新しい料理をどんどん生み出す食堂と、誰も見たことのない菓子を提供するパティスリー。

そのどちらにも、ミラが関わっている。これは単なる偶然ではない。ずっと、彼女は食堂のお手伝いをしているのだと思っていたけれど、きっと違う。

ミラこそが、その料理人なのね。

いろいろと腑に落ちたわたくしは、密着したその体勢のまま彼女の耳元で囁く。

「それに、ミラ。わたくしたち、ゆくゆくは姉妹になるのね。素晴らしいわね」

そう言ったあとにようやくわたくしの腕の中からミラを解放すると、彼女は頬を真っ赤に染め上げていた。

「私もベラさんがお姉さんになるの……とてもうれしいです」

紅潮した頬のまま柔らかな笑顔を向けてくれるミラが可愛い。この子がわたくしの義妹になるなんて素敵すぎるわ。

「……ベラ。もう、いいか？　ミラ嬢も困っているようだが」

「ああっ、そうね、お仕事中だものね。ごめんなさい、ミラ。お仕事頑張ってね」

「はい、ありがとうございます。では、失礼します」

アランのひと言でペコリと頭を下げて、ミラは厨房へ消えてゆく。

ミラも転生者。それも美味しいご飯の作り方を知っていて、ゆくゆくはわたくしの義妹……！

「アラン、卒業パーティーは絶対に成功させましょうね。わたくしたちの大切な将来のために」

「っ、君は、いつも唐突に……！」

「あらどうしたの、真っ赤よ？」

ぜんざいでケホケホとむせるアランは、また耳まで赤くなってしまっている。わたくしは彼の隣に腰かけて、苦しそうな彼の背中をトントンと叩くことにした。


それから少し経った二月の初旬ごろ。暦のうえでは立春とはいえ、まだまだ寒い日が続いている。

わたくしはいつもの食堂で、ミラからある人物と引き合わされていた。

まだ仕事があるらしいミラに食堂の二階席に案内され、その人物とふたりきりになった部屋には沈黙が落ちる。

わたくしの目の前にいる人物は、輝く金の髪に空色の瞳の美少女——この乙女ゲームのヒロインであるスピカ・クルト伯爵令嬢その人だった。

「ごきげんよう、スピカ嬢」

「こ、こんにちは、ベラトリクス様」

彼女にひとまず挨拶をすると、警戒した声が返ってくる。

それもそうだ。わたくしたちはずっとお互いを避けていた。これまで不自然なほどに遭遇しなかったのも、知っていたからなのだろう。

ミラがわざわざこの席を設けてくれたのが何よりの証拠だ。

「さて、わたくしは悪役令嬢なのだけれど、あなたは『星の指輪』のヒロインで間違いないわね？」

そう告げると、スピカの瞳にぐんと光が差したのだった。

しばらくスピカとわいきゃい騒いでいたところに、部屋の扉がノックされる。

「お待たせしました」

現れたのはミラと副料理長のイザルだ。彼と目が合ったので軽く会釈すると、深々とお辞儀を返される。彼の退出後のテーブルの上には、わたくしの大好きな料理がこれでもかと並んでいた。

「はあ……相変わらず、暴力的な見た目だわ……」

「いや、フツーのお好み焼きじゃないですか！　美味しそうですけど」

お好み焼きをうっとりと見つめていると、スピカからツッコミが入る。ゲーム世界では純真で無垢なヒロインだったはずだけれど、彼女は思ったよりもはっきりとした物言いだ。

当然だ、彼女だってわたくしと同じなのだから。

「わたくし、B級グルメが大好きなのよ」

「ああ〜悪役令嬢の口から〝B級グルメ〟とかいうワードが出てくるなんてっ」

「そういうあなただって、フレンチトーストが好きすぎるって聞いているけれど？」

「だぁーって、そのころ地元でめちゃめちゃ流行(はや)ってて、どハマりしちゃったんですよ〜」

わたくしとスピカがおしゃべりに花を咲かせている様子を、ミラがにこにこと眺めている。

「でも、あのときは本当に驚きました。ベラさんにも前世の記憶があったなんて」

「わたくしこそだわ。ミラも……それにスピカ嬢もだなんて」

ミラの言葉に、わたくしは彼女とスピカを順番に眺めた。

――前世の記憶。

わたくしにとっては事故がその起因となったものだけれど、この子たちはどうなのだろう。

わたくしの読みどおり、スピカも転生者でかつこの乙女ゲームを知っていた。だからこそ、ヒロインがまったく参加していなかったのだ。

「ベラトリクス様は前世も先輩っぽいですし、わたしのこと呼び捨てでいいですよ。せっかくこうして転生者で集まれたんですから、貴族社会のことは置いといて、ブレーコー？　ってヤツで」

すっかり気が緩んだらしいスピカはそんなことを言ってフォークを握りしめた。すでに臨戦体制に入っている彼女は、お腹がぺこぺこのようだ。

「いただきまーす！」と元気よくフレンチトーストにフォークを刺している。

わたくしも特注のマイ箸を取り出すと、お好み焼きをひと口サイズにした。

「うーーん、ゲームシナリオなんてもう関係ないのかしらね」

「シナリオ的には、もうだいぶ消化してますよね〜。はあ、相変わらずミラのフレンチトーストは格別っ……！」

「あとは卒業パーティーだけですか？　スピカ、野菜もしっかり食べないとダメだよ」

ミラはスピカに母親のような注意をしながら、わたくしに向き直る。

「このソースの味が家では出せないのよねぇ。おいしいわ。……卒業パーティー、そうね」

お好み焼きを食べると、ソースとマヨネーズと生地の味が口いっぱいに広がって最高だ。わたくしはソースの余韻に浸りつつも、一旦箸を置いた。

この場には三人も転生者がいる。情報を交換するにはうってつけだ。

「せっかく揃ったのだから、状況の整理でもしましょうか。まずわたくしからね。悪役令嬢のベラトリクスは、本来は婚約者の第一王子と仲よくするヒロインのスピカに嫉妬の業火を燃やして、卒業パーティーで断罪される予定だった」

まずは自ら話し始める。

「学園入学前に前世の記憶を思い出したわたくしは、もちろんそんなことはしていない。でも、噂では『殿下と親しくする下級生の令嬢をいじめている』といわれているわ。『殿下はその令嬢をかわいそうに思い恋人にした』とか『ベラトリクスは王妃にはふさわしくない』とも」

とりあえず、まとめるとこうなるだろう。次は彼女たちに話してもらうため、わたくしはまた目の前のお好み焼きを食べ始める。

「あっ、じゃあ……わたしはヒロインのスピカです」

次に話し始めたのは、律儀に挙手したスピカだ。

「前世を思い出したときは逆ハールートなんてものを夢見ていました。ですが、ミラに怒られたので、もうそんなことは考えていません！　でも、噂では『レグルス殿下たちと仲よくしていることが気に食わないベラトリクス様から、意地悪をされている』ことになってます！」

元気よくそう言ったあと、スピカはフレンチトーストを頬張る。食べる姿も小動物のようで愛らしいのだけれど、いくらなんでも口に入れすぎでしょう。

「うーん。なんだか……変な感じがしますね」

黙って話を聞いていたミラがそう考察する。わたくしも同感だ。

「そうね。とっても変だわ。キャラクターは違うのにまるでゲームの筋書きどおりだもの。……まあ、難しいことは一度置いておいて。ねえねえ、女子会らしく恋バナをしましょうか！」

スピカが乙女ゲームのヒロインとしての役割を完全に放棄していることが確認出来た。わたくしはせっかくだからと話を切り替える。

「スピカはアランには無関心よね。ほかに誰かいい人がいるの？　ミラはレグルス殿下がいるものね。うふふ」

笑顔を向けると、ミラは真っ赤になってしまった。ビーフシチューを食べる手もすっかり止まってしまっている。

その仕草をにまにまと眺めていたら、スピカが照れくさそうに口を開いた。

「わたしはですね……えへ、お兄様推しなんです。アルデバラン殿下もイケメンですけど、お兄様の天使さには敵いませんよっ」

「まあ、そうだったのね。たしかに彼が妹を溺愛しているというのは、わたくしの耳にも入っているわ。天使……そうね、うん」

見た目はね。それは同意するけれど、彼の中身はとっても策略家なのだ。

でもスピカは気づいていないようだし、アークツルス様もそれは一生隠し通すつもりなのだろうからわたくしからは口を挟むまい。

スピカはうっとりと話したあと、急にハッとした顔をしてミラに向き直った。

「そういえば、ミラはレオ様から正式にプロポーズされたんだよね！　おめでとう。いいなぁ、星夜祭でとか、ロマンチックすぎる～！」

「レグルス殿下ねぇ、普段はあんなに無表情だから想像がつかないわ」

わたくしは頷きながらもお好み焼きをまたひと口食べる。美味しい。

「えっ、無表情……？　レオはいつもにこにこしてませんか？」

ミラは心底驚いた顔をしている。わたくしが知るレグルス殿下はいつも冷たい顔で令嬢をあしらっている。でも、やはりミラの前では違うのだろう。

「うんうん、ミラにはそうよねぇ～。でもホント、レオ様は令嬢がこぞって話しかけてもほとんど話さないからね。まあ、だからこそ、お茶会のときはみんないつも笑顔のアルデバラン殿下のほうに行くらしいよ」

スピカの言葉に、次はわたくしが驚く番だった。

「それなのだけど……アランがいつもスマートで笑顔を絶やさないというのは、本当なのかしら？　わたくしといるときは、そんなふうに見えないのだけれど……」

思い返してみると、アランはいつもむっつりとした怖い顔をしているか、困り顔が多い。たまに赤くなったりもしている。にこにこスマート、とは程遠いような気さえする。

「わたしはおふたりを見たことがないからなんとも言えないんですけど、殿下たちはどっちも本命の前だとキャラ変わっちゃうのかもですね！　ってことは、お兄様も……!?　どうしよう、ミラ。わたしといるときのお兄様って、きっといつもどおりのほうだよね。脈なしかな!?　うわーん、急に婚約者とか連れてきたらどうしようぅっっ」

「あなたの杞憂だと思うわ」

先ほどまで冷静に分析していたはずのスピカが急にそう言うものだから、わたくしは心から否定した。

彼女は彼女で不安を抱えているらしい。だけれど、どう見たってその悩みは不要だ。

アークツルス様はそもそもスピカのことしか見ていないだろう。

不安でいっぱいらしいスピカが色仕かけをするべきかと本気で悩み始めたから、ミラとふたりがかりで全力で止めておいた。そんなことを看過したら、アークツルス様に怒られてしまう。怖い。

それからは、スピカの愚痴を聞く会になってしまったけれど、大半は惚気にしか聞こえなかった。

人はなかなか自分を客観的に見ることは難しい。やはり大切なのは対話だ。それはアランとのことで身をもって知った。

言わなくても伝わる、わかってもらえるなんてことはないのだ。

「そろそろ時間ね」

あっという間に別れの時間が来てしまった。ウィルも馬車で待っていることだろう。

席を立ったわたくしは、ふたりをしっかりと見据える。彼女たちとの対話もまた、わたくしの力になったことを感じる。

「――ミラ、スピカ。これから卒業パーティーまで、ちょっとごたごたするかと思うけれど、きっと全部うまくいくわ。わたくしを信じてね」

不敵に微笑んで、食堂をあとにした。

第十章　断罪劇は開演する

それから計画どおりにいろいろなイベントを終え、ようやく卒業パーティーの日がやってきた。

例年では全生徒とその家族が参加していたこの催しも、平民クラスの生徒が締め出されているせいで昨年よりも空間が目立つ。

だが、パーティーに彩りを添える料理や菓子は昨年の比ではない豪華さである。

特にあのローストビーフは絶対に食べたい。

ザワリ、と空気が変わる。

アランを筆頭とした集団が会場に到着したことで、緩やかな音楽が流れていた会場内ににわかに緊張が走る。

彼らはわたくしの姿を見つけると、脇目も振らずにこちらへやってきた。いつもはにこやかな王子様の険しい顔つきに、何かを察したように周囲は静かになる。

「あら、皆様お揃いで。どうかいたしました？」

彼らと対峙したところで、わたくしはそう声をかけた。

目の前に立つのはアランことアルデバラン殿下。

そして彼の後ろには、桃色の髪の男爵令嬢が怯えた表情でくっついている。

さらにその背後には、第二王子のレグルス殿下にアークツルス様、カストル様にベイド先生、それから愛らしいメラクくんが並んでいた。

まさに乙女ゲームの断罪場面ともいえる状況に、わたくしは息を呑む。それからアランのほうを見ると、彼が一瞬だけグッと唇を噛んだように見えた。

「ベラトリクス、あなたとの婚約を破棄する！」

――ああついに、この日がやってきたわ。

わたくしはどこか感慨深い想いを抱きながら、エリノアが朝からしっかり整えてくれた縦ロールをブオンと後ろ手に払った。

――さあ、はじめましょう。

「まあ……。理由を聞かせていただいてもよろしいですか？」

泰然と答えると、彼の眉がピクリと動く。

あれだけ渋っていたあのセリフをきちんと言えたことを、あとでたくさん褒めてあげないといけないわ。

今のわたくしは、彼の素敵なところをたくさん知っている。

あんなにわたくしが避け続けていたにもかかわらず、わたくしの変化をちゃんと見ていたこと、ありのままの姿で下町で過ごしてもすべてを寛容に受け入れてくれたこと、そんな彼が狼狽えて顔を赤らめていると、可愛くてこちらもむずむずしてしまうこと。

険しさを崩さないアランたちと対峙しながら、周囲の様子を窺う。

眉をひそめるもの、扇子越しにひそひそと話すもの。卒業生や在校生、その親族がいるこの会場で、わたくしは嫉妬に狂って殿下の新恋人に嫌がらせをした悪役令嬢として映っていることだろう。学園に蔓延していた噂もそのようなものだったし、こちらも意図的にそうなるように誘導したのだ。

——あら、ミラだわ。

人垣の中に見慣れた顔を見つけたわたくしは、心配そうなその顔に向けて、安心させるようにパチリとウインクをする。

メイドの格好をしているミラは、驚きながらも小さく会釈を返してくれた。そして彼女の隣には、先日話したばかりのスピカがいる。

ゲームであれば、わたくしと対峙していたのはヒロインである彼女のはずだった。

でも当の彼女は、アークツルス様がシャウラ嬢の後ろにぴったりとくっついているのが気になるらしく、可憐な顔立ちに似つかわしくない険しい表情を浮かべている。

「君は、このシャウラを身分差のことでいじめただろう」

続きを待つ観衆の期待に応えるように、アランは背に立つ令嬢を庇うようにしてそう宣った。その姿はまさに、ゲームの断罪場面を彷彿とさせる。

「シャウラだけでなく、私の妹のことも陰でいじめていたでしょう。貧しい育ちの粗野な令嬢だと」

アランに続いて、アークツルス様も一歩前に出る。

彼らに庇われるようにしているシャウラは随分と顔色が悪い。その様子は儚げで小動物のようだ。

「まあ！　わたくしがですの？」

「白々しい。こちらは証言を得ているんだ。ロットナー侯爵令嬢に指示されたと、実行した者たちが言っていたのだから」

「――そうでしたよね？　皆さん」

アランとアークツルス様に急に水を向けられてビクリと肩を揺らしたのは、わたくしたちを囲む円の前のほうでいやらしい笑みを浮かべていた令嬢たちだった。クスクスと話していた声がピタリと止まり、青ざめた顔でアークツルス様を見る。

エックハルト侯爵令嬢であるケーティにいつもくっついていて、陰でこそこそと他の身分の低い者たちをいじめていた彼女たち。わたくしも何度かその場面に遭遇した。

「どうしたんですか？　ベラトリクス様が言っていたと、声高に触れ回っていたでしょう」

「わ、わたくしたち、なんのことだかわかりませんわ」

アークツルス様に天使の笑顔で話しかけられ、顔を青くした令嬢たちは狼狽えてうまく答えることが出来ていない。

「おや。では、ベラトリクス嬢の指示ではないということですね」

彼女たちはわたくしのほうを見て、目が合うとさっと逸らしてしまう。

学園に蔓延(はびこ)る噂の一部は彼女たちも加担したものであることは調べがついている。というか、調べなくても丸わかりだったのだけれど。

「あら。どこかで見たことがある顔だと思っていたら、あなたたち、平民の女の子をいじめていた者たちね。殿下、誤解ですわ。この者たちはわたくしとはなんの関係もありません」

ミラを取り囲んで泣かせていた者たち。絶対に許さない。

「だったら、君が直接嫌がらせをしたのだろう」

「……殿下、あなたもご存知でしょう。わたくし放課後は生徒会に出席していましたし、それが終わったらすぐに部屋に戻って体を休めていましたわ。幼いころに生死をさまよう病に罹って、ずっと療養をしていたわたくしが、他人を傷つけるだなんて……そんな」

扇子を取り出して顔を隠すように泣き真似をする。流石に涙は出ないけれど、それらしい仕草をすると、周囲にどよめきが広がった。

チラリと見えたアランの顔が一番辛そうに見えてしまって困ったものだ。

「たしかに、ベラトリクス嬢が直接誰かに文句を言っているところは見たことがない」

「ベラトリクス様は、毎日早く寮に戻って療養されているのですわ。おいたわしい……」

そんな声がわたくしの耳にも届いてくる。

実際は早く寮に戻って、ウィルとお菓子を食べたり絵本を作ったりしていただけなのだけれど、わたくしが学園で築き上げた深窓の令嬢イメージは有効だったようだ。

「べ、ベラ……」

——ちょっと、アラン、もう少し役に徹しないと駄目よ！

わたくしの名を呼びながら、彼の手がゆっくりとわたくしのもとへ伸びようとしている。台本には泣き真似をすることまでは書いていなかったからだろうか。そろそろ限界らしい。

「兄上、どうしてもベラトリクス嬢と婚約破棄をなさるのですか?」

アランの手を掴み、彼の言葉を遮るように話し始めたのは、これまで無表情で立っていた銀髪の第二王子、レグルス殿下だった。

「大丈夫か?」とわたくしを心配するアランの声は、レグルス殿下のお陰で周囲には聞こえていないようで安心する。

どうやら、限界が近い兄のフォローのために彼は早めに前に出てきてくれたようだ。

ホッと胸をなで下ろしていると、掴んでいたアランの手を払い退けたレグルス殿下がわたくしの前へと颯爽と移動してくる。

「兄上がそのように勝手をなさるのならば、彼女と僕が婚約しても、何も問題はありませんね」

「「!」」

まるで、アランに婚約破棄をされたわたくしとの婚約をレグルス殿下が望んでいるような発言に、ハッと息を呑むような静けさが一瞬あったあと、さざなみのようなどよめきが次第に大きくなり、それは会場中を包みこんだ。

アランと対峙するわたくしの背後からは「何っ!?」という怒気を孕んだ声が聞こえる。

顔は見えないが、彼らはきっと怒りに満ちた表情をしているだろう。姿が見えないと思ったら、ケーティたちはちょうどわたくしの後ろ側にいたようだ。

エックハルト侯爵一派の狙いは第一王子のアランを廃して、第二王子のレグルス殿下を王太子として擁立すること。それからその妃にケーティを据えること。

そう企てて高みの見物をしていた彼らには、予想外で不都合な流れだろう。予期せぬ事態が生じているのだから。

——早く、馬脚を現しなさい。

扇子を握る手に力を込めながら、わたくしはそう念じた。

「……レグルス、何を言っている」

「ソ、ソウデスヨ、レグルス様。ベラトリクス様は、意地悪なんデスカラ！」

平静を取り戻したらしいアランと、若干の棒読みであるシャウラの言葉を受けて、レグルス殿下はわたくしを見ながら微笑んだ。

「だって兄上はシャウラ嬢を妃になさるのでしょう？　でしたら別に、僕も好きな人と婚姻を結んでもかまわないでしょう」

その視線はわたくしを通りすぎて、聴衆にいるエックハルト侯爵へも向けられているのだろう。

彼らを煽るために敢えて曖昧な発言をしているが、レグルス殿下が先ほどから言っている〝彼女〟や〝好きな人〟という言葉は当然わたくしではなくミラのことを指している。

先ほどチラリと見えたレグルス殿下の横顔はたしかにミラのほうを向いていて、トロリとした甘い表情だった。

レグルス殿下にそんな表情をさせられるのは、ミラだけだ。流石はわたくしの未来の義理の妹だわ。

「お待ちください！　納得出来ませんわ。どうしてロットナー侯爵令嬢がレグルス殿下の婚約者になるような話になりますの？」

金切り声をあげて、ひとりの令嬢が観衆の中から足を踏み出してわたくしたちの近くへやってきた。

レグルス殿下の瞳の色を意識していることが一目瞭然(いちもくりょうぜん)の青紫色のプリンセスラインのドレスには、煌びやかな宝石がこれでもかと散りばめられている。

ダークブロンドの髪をきっちりと巻き上げており、首元や耳元は豪華な宝石類で飾られている。

重くはないのかと心配になるくらい派手な出で立ちのその令嬢は、ケーティだ。

「……エックハルト侯爵令嬢。口を挟まないでくれるか」

「いいえ、アルデバラン殿下。あなた様が婚約破棄されるのは勝手ですけれど、それとレグルス殿下のお相手の話は別でございましょう？」

「私もそう思いますよ、両殿下。ロットナー侯爵令嬢は他の令嬢に対して陰湿ないじめをするような娘だという話もあるし、そもそも病弱では公務もままならんでしょう。それに不貞の噂もあると耳にしておりますがなあ。レグルス殿下にもふさわしくないでしょう」

アランに詰め寄るケーティの後ろからは、でっぷりとした体格のこれまた派手な身なりの男性が現れた。侯爵その人だ。相変わらず趣味が悪くてギラギラした服装をしている。

どうやら彼らは、しっかりとわたくしとレグルス殿下の仲を誤解してくれたらしい。

「それはどういうことだ。エックハルト侯爵」

その発言に、アランは眉をひそめながらも続きを促した。

「僭越ながら、私の知り合いが話しておりましてなぁ。ロットナー侯爵令嬢は、どうやら下賤な者と付き合いがあるようなのです。先ほどのいじめ等々の話は置いておいて、ふしだらな娘はどちらの殿下の妃にもとてもふさわしくない」

「……続けろ」

「毎週のように男と連れ立って下町で遊んでらっしゃるそうですよ。身に覚えがあるでしょう、ベラトリクス嬢。黒髪の男と伺っておりますが。学園でも執事を侍らせているそうですし、私も一度話を聞いてみたかったのですよ」

アランの問いに、エックハルト卿の舌はよく回った。悦に入っているのか、歌うように口上を述べている。

わたくしが下町に連れ出している黒髪の男といえば、まさにそこのアランなのだけれど……そういうふうに思わせておいて、あとで『実はその人はアルデバラン殿下でした』と種明かしをする予定だ。

「それに町での振る舞いもなんといいますか……口にするのも憚られますが、侯爵家の名を使って好き勝手にしておるようで。人気店で店員を恫喝しているそうではないですか」

「そうですわ。レグルス殿下、どうか考え直してくださいませ。不貞の娘など、あなた様にふさわしくありませんわ」

頬を染め、上目遣いのケーティは、そっとレグルス殿下の手に触れる。ケーティがレグルス殿下を慕っていることは周知の事実だ。だからこそ、今回の劇に繋がっている。

彼女たちの後ろからではレグルス殿下の表情は見えないが、きっといつもの無表情でいるのだろうと容易に想像はついた。

そろそろ種明かしに向けて話を進めなければと思ったときのこと。

「――お、恐れながら申し上げます」

静寂が落ちた会場に、凛とした声がよく通る。それはわたくしたちではなく、完全なる聴衆側から発せられたものだった。

「……発言を許す」

「寛大な御心に感謝いたします。私はリューベック子爵家のフィリーネと申します」

人垣から一歩前に出て、若草色の髪の令嬢が緊張の面持ちでそこに立っている。

「王都のパティスリー一番星(エステル)にて、うちの使用人も恫喝(どうかつ)の場面を目にしたと言っていました。ですが、横暴な振る舞いをした使いの者は、ロットナー侯爵家の使いではありませんでした。その場に偶然居合わせたベラトリクス様本人がそうおっしゃっていたそうです。それに……騒ぎのお詫びとして、来客者に新作のデザートを振る舞ってくださったと聞き及んでおります。とても美味しい林檎(りんご)のタルトでしたわ」

「う、うちの使用人もそう申しておりました！」

深く頭を下げたあと、フィリーネはまっすぐに淀みなく述べ上げた。その横に、男爵令嬢のマリーアも加わる。

うちもそうです、と他の令嬢たちも口々に名乗りをあげ、会場はざわざわと騒がしくなっていく。

どうやらあの日にパティスリーに並んでいたのは、わたくしたちだけではなかったらしい。

あの日騎士たちに連れていかれた男は、アランの指示でこってりと尋問され、もうすでに真相を吐いているというのに、侯爵たちはそれを知らないらしい。

「それに……その」

「なんだ。言いたいことがあるなら、この際述べてみよ」

フィリーネが言葉に詰まったところで、アランが続きを促す。

「その黒髪の男のことですけれど、たしかにベラトリクス様がそのような男性と連れ立っていたのを私も見たことがあります。ですが、恋人という雰囲気ではなく、新しい執事ではないのかしら？どう見ても彼の片想いですわ！　ですから、不貞ではないと思いますの！」

最初は小声だったフィリーネは、頬を紅潮させながら最後は会場中に響き渡る声量で一気にそう言い切った。

え……と一瞬ときが止まる。

目の前のアランもフィリーネの発言に目を丸くしていた。

わたくしに背を向けるレグルス殿下の肩は揺れている。笑っているわね、これは。

かくいうわたくしも、彼女の斜め上の発言に思わず扇子を握りしめて顔を隠してしまった。自然と笑顔になるのを止められないのだ。

フィリーネの言葉がわたくしを庇っての発言だということは重々わかっている。彼女たちはずっとわたくしを心配してくれていた。

　しかしその発言のおかげで、とてもじゃないがその『黒髪従者はアラン』だとあとで種明かしをする空気ではなくなってしまった。

「執事を連れているのは、別に令嬢として問題があるとは思いません。ベラトリクス様はお身体に心配なことがあるのですから、万が一のときは男性の力が必要になると思います」

「ベラトリクス様が足を運んでいる下町は、下賤な場所ではありません。今では王都の流行発信地でもあります。きっとここにいる皆様も、一度はあの食堂に足を運んだはずです」

　わたくしが必死に笑いを噛み殺している間にも、ポツリポツリと声が上がる。

「殿下、婚約破棄について、どうかお考え直しください……！」

　ようやくわたくしが顔を上げたとき、誰かがそう言って頭を下げた。すると、その動作は波のように広がってゆく。

　――わたくしの、ために？

　この催しに参加する大半の令嬢が頭を下げ、令息たちもそれに追従している。その壮観な風景に、わたくしは呆気に取られるばかりだ。

「……わかった。その件については、不問としよう。だがシャウラがベラトリクスにいじめられたというのはどうだ。シャウラ、相手は見たのか。階段から突き落とされたとも言っていただろう」

「あっ、いえ、えーと、赤い髪だったかなあ？　って感じで、本当はよく覚えてない……です……」

「あ、そういえば、最近赤いカツラの注文があったんだよねぇ。ちょーどあんな感じの。ぐーぜんかな？」

「よく考えたら、その日はロットナー嬢は生徒会でしたねぇ」

アランの問いにシャウラが言葉を濁すと、のんびりとした口調のメラククんとベイド先生が会話に入ってくる。

わたくしになりすましてシャウラを階段へと呼び出した者たちはもちろん例の取り巻きたち。だが発案はケーティであろうことは容易に想像がつく。

「……ちっ、ケーティ、一旦戻るぞ」

旗色が悪くなった事を感じ取った侯爵は、ギリリと歯ぎしりをし元の位置に戻ろうと娘を促す。

「なんですの、お父さま……？　このままでは……っ、レグルス殿下と結婚して王妃になるのはこのわたくしでしょう！　お父さまもそう言っていたではないですか！」

だが、レグルス殿下の婚約者にあと一歩というところまでたどりついたと思いこんでいるケーティは、引っこみがつかなくなったのか、手を引く父に抵抗してそう叫んだ。

さして大声でもなかったが、静寂が落ちた会場によく通る声だった。

「レグルスが王になる？　そんな話があったのか、エックハルト卿。詳しく教えてもらいたいものだな」

「本当に。先王が私たちの王位継承について決めたとき、法を定めたはずです。先に生まれた子が王太子。それ以外を担ぎ上げる者は――王家の決定に仇なす重罪人であると。……他にもいろいろと余罪があるようですが」

その発言のあとに登場したのは国王夫妻と公爵夫妻だ。

国王とバートリッジ公爵の鋭い視線を浴び、エックハルト侯爵はその場に固まった。完璧なタイミングだ。

わたくしとアランを交互に睨みつけた侯爵だったが、わたくしはつーんとそっぽを向いてやった。

「……レグルス殿下ぁっ！」

事態をわかっていない様子のケーティは、力の解けた父の手を振り払って、再びレグルス殿下へ足を向けようとする。

だがもちろん、それは叶わない。颯爽と現れた騎士団長とレグルス殿下の護衛騎士が侯爵親子を拘束したのだ。

そして、レグルス殿下本人もすでに駆け出しており、聴衆の中にいるミラに熱い抱擁をかましていた。お陰で聴衆からは悲鳴のような声も聞こえてくる。若干フライングのような気もするけれど、彼ももう我慢の限界だったのだろう。

周囲の混沌とした状況をぐるりと見渡したあと、視線をアランへ向けた。

アランもわたくしのほうを見つめていて、アメジストのような美しい瞳を、緩くほどくように微笑みながら、そっと手を差し伸べている。

終わった、のかしら。

急激に気が抜けたわたくしは、足がその場に縫いつけられたように動けない。

「――大丈夫だ、ベラ。もう少し、頑張れるか？」

わたくしのそばに来たアランは、わたくしの右手を彼の右手で包みこむ。そして彼の左手はわたくしの腰元へとまわり、しっかりと体を支えてくれている。

そうしていると、国王陛下から玉座の近くに来るようにと指示があった。

「さあ、行こう」

「ええ、アラン。頑張るわ」

微笑み合ったあとに、わたくしたちはピタリと寄り添って、ゆっくりと会場の中心から陛下の御前へと足を進めた。呆然とする聴衆に見せつけるように、悠然と。

わたくしたちはこれまでずっと、表向きは仲の悪い婚約者だった。言葉も交わさず、こうして寄り添う姿など誰にも想像はつかなかっただろう。それは、少し前のわたくしも同じだ。

国王夫妻と公爵夫妻を中央に据えて、わたくしとアラン、そしてレグルス殿下とミラがそれぞれその隣に立った。

チラリと見えたアークツルス様は、スピカのもとへ駆け寄ってふたりで笑顔を見せている。

シャウラはようやく解放されたことにホッとしたのか、料理コーナーでローストビーフらしきお肉を頬張っていた。

わたくしもあとで食べようとは思っていたけれど、今は陛下の御前だ。バレないように食べなさいね、とシャウラに念を送りながら視線を目の前のエックハルト侯爵に移すと、彼らは顔を真っ赤にして憤慨していた。

「なっ、謀（はか）ったな！」

「レグルス殿下っ、どういうことですの⁉　まさかその女が、青いドレスの……っ」

彼らの視線はレグルス殿下たちに向けられている。わたくしに対して敵対心を剥き出してここまでやってきた彼らの眼前には、メイド服のミラが所在なげな様子で佇んでいた。

そして、そんなミラを見つめるレグルス殿下の瞳がとんでもなく甘いことだって、彼らにとっては晴天の霹靂(へきれき)だろう。

あら、耳元で囁いたりしているわ。そしてそのままミラを引き寄せてつむじに唇を落とすものだから、聴衆からはまた悲鳴があがる。レグルス殿下は完全にタガが外れたらしい。

「この場を借りて、事の顛末(てんまつ)について私から話をしよう」

思いを馳せているところに、陛下の重々しい声が響き渡る。

「エックハルト侯爵。このたびの姦計(かんけい)については、後ほどじっくりと話を聞かせてもらおうか」

陛下のお言葉にそう添えたのはバートリッジ公爵だ。

「なんのことかわかりませんな。今回の件も、発端は学園内での色恋沙汰でしょう。第一王子がこの男爵令嬢に現(うつつ)を抜かして正統な婚約破棄を申し出た。アルデバラン殿下の王太子としての資質を疑わざるを得ませんな。いくら法の定めとはいえ、能力のないものを王に据えるのはいかがかと臣下として憂(うれ)いているのですよ。レグルス殿下もそんなメイドを相手にするとは、嘆かわしい」

開き直りともとれる侯爵の発言に、聴衆の中にはいくらか賛同の意を表している者もいるようだ。みんなの思想が一枚岩であるはずもない。侯爵の考えを支持する者がいることもわかっていた。

「——言い残すことはそれだけでいいか」

開き直ったエックハルト侯爵に、凍てつくような陛下の声が刺さる。自信を見せていた侯爵も、その言葉にピクリと顔を強張らせた。

「男爵令嬢のシャウラ嬢については、貴殿が借金返済のための策として、貴族子息への誘惑を強制したということはわかっている」

次に口を開いたのはアランだった。腰元に触れている彼の左手にグッと力が入り、すでにくっついていたわたくしは、さらにギュウギュウと抱き寄せられる。

「だから私たちも、それを利用させてもらったのだ。貴殿を油断させてこの場に出てきてもらうため。ああ、無論、ベラトリクスも知っていることだ。先ほどの婚約破棄は、紛いものだ」

「シャウラ、貴様あっ！」

侯爵がそう激昂してシャウラを探すが、彼女はメラククんとベイド先生の後ろに隠れてしまった。……まだもぐもぐしていたように見えたけれど、きっと気のせいだろう。

「だが、惑わせてしまったことはたしかに、王太子として資質に欠くところがあった。皆の者、申し訳なかった」

「まあ殿下。ぜひこの舞台でと提案したのはわたくしですわ。すべてを断ち切りたかったわたくしのワガママですの。わたくしからも謝罪しますわ。それに……皆様、わたくしのことを庇ってくださってありがとう」

ひとりひとりと視線を合わせるように、わたくしはぐるりと周囲を見て、アランと一緒に頭を下げた。

これでもう乙女ゲームの展開に怯えることはない。

顔を上げると、涙目で顔を真っ赤にしているフィリーネたちと目が合った。それだけで胸に込み上げてくるものがある。彼女たちにも感謝だ。

「そんなことはどうでもいいですわ！　そこのメイド、あなたは一体なんですのっっっ」

一旦静まり返った会場に、ケーティの金切り声が響く。彼女にとって大切なことは、レグルス殿下の隣にいる女が誰なのか、この一点のみだ。

「先ほど言ったとおり、僕は好きな人と婚姻を結びます。彼女はペルファル伯爵家の血筋であり、僕の愛するただひとりの女性です。本日、正式に婚約を発表させていただきます」

「っ、納得出来ませんわ、そんな女は――」

「ふさわしくない、と。君に彼女を断ずる権利があるとでも？　彼女は王都の食堂とパティスリー一番星（エステル）の真の料理長であり、類稀（たぐいまれ）なる才を持つ料理人だ。身分などでは形容出来ないほどの功績が彼女にはある。国の至宝とも言えよう」

婚約について高らかに宣言したレグルス殿下に、なおも食い下がろうとしたケーティの言葉を遮ったのはバートリッジ公爵だった。

公爵はそうきっぱりと言い切ると、会場は一度静かになり、それから爆発的に騒がしくなる。

これまで生み出された革新的な料理や菓子は、すべてミラのお陰。その恩恵を受けた者はこの中にも大勢いるだろう。かくいうわたくしも、彼女のファンのひとりなのだから。

「……ベラ、随分うれしそうだな」

「ええ。ようやく彼女の才能が陽の目をみることが出来たのですもの。わたくしも彼女を守る礎のひとつになりたいわ」

「ははっ、君らしい。では私も君に従おう」

こっそりと話しかけてきたアランにそう返すと、見たこともない爽やかな笑みで返された。王子様のキラキラなオーラを十分に纏(まと)ったそれは、随分と眩しい。

「この婚約を機に、彼女を公爵家に迎え入れることにした。そのことも皆に紹介しておこう。ミラ・バートリッジ。うちの末娘になる娘だ」

それは、侯爵にとってとどめともいえるひと言だった。一気に血の気が失せた顔で、呆然と立ちすくんでいる。

「さて侯爵。沙汰を述べよう」

国王陛下からつらつらと罪状を述べられると、塩をかけられた青菜のように一層静かになる。大逆罪という罪状を告げられ、最後は真っ青な顔で騎士たちにどこかへ連行されていった。

違法賭博(とばく)や人身売買、違法薬物の取引――枚挙にいとまがないほどの罪については王家の優秀な影たちによってすべて証拠は上がっている。わたくしが下町の井戸端会議で耳にしていた情報をもとに、いろいろと詳(つまび)らかになったようだ。

すべてが終わると、陛下の号令で卒業パーティーが再開された。

「ねえミラ、踊りましょう」

「わ、ベラ様っ」

「ふふふ、やっと終わったわ。肩の荷が下りた。断罪イベントさえ終われば、わたくしは本当に自由だわ」

わたくしは、義妹(いもうと)となる予定のミラのもとへ駆けていった。

どこからともなく学園の平民クラスの生徒も会場へと入ってきて、身分の隔たりなく同じ会場でパーティーを楽しんでいる。

——終わったのだ、本当に。この壮大な茶番劇が。心も身体も軽い。わたくしを縛っていた世界が終わった。

わたくしと踊ったあと、ミラはスピカと踊っている。その様子をニコニコと眺めていると、わたくしの横からスッと手が差し出された。

「……私とも踊ってくれるか？」

見上げればそこにはアランがいる。

「ええ、もちろん。わたくし猛特訓してきたのよ。練習の成果を見てほしいわ」

差し出されたアランの右手をとり、わたくしは彼に笑顔を向けた。先ほどミラと踊ったときは、うれしさのあまりにただくるくると回っただけだったけれど、アランと踊るのならば、勝手は違う。

そういえば、こうして踊るのは初めてかもしれない。少し緊張しながら、彼に誘われるままにわたくしは会場の中央へ足を運ぶ。そこから三回も続けて踊ることになってしまって少し驚いた。

わたくしたちを見ていたらしいフィリーネたちが感極まったようにポロポロと泣いているのが見えたから、次は彼女たちのところへ行かなくては。

「ではアラン、わたくし少しお友達とお話ししてくるわ」

「ああ。名残惜しいけれど」

最後に見つめ合ったわたくしたちは、笑顔でそう言い合う。

窓の外には満天の星。わたくしは、かつて恐れた卒業パーティーを心ゆくまで楽しんだ。

◇

その卒業パーティーからひと月が経った。暖かな陽射しとやわらかな風が春の訪れを教えてくれる。

「いらっしゃい、アラン」

「ああ、ベラ……久しぶりだな」

断罪騒動が落ち着き、そして騒ぎを起こした罰として謹慎を言い渡されたわたくしとアランは、こうして会うのは久しぶりだ。

弱々しく微笑む彼は、このひと月の間に少し頬がこけてしまったように思う。家で謹慎をしていたわたくしと違って、城での謹慎生活となったアランは、きっとずっと働きづめだったのではないだろうか。

体面があるから、今回だけは外に行くのは絶対ダメだよ、とお父様に優しく人差し指を立てられただけのわたくしと違って、陛下にこってり絞られたのかもしれない。

――本当に、よかったわ。

卒業パーティーが終わっても、こうして無事にロットナー侯爵家で平和に過ごせるとは、五年前は思いもしなかった。

婚約者は別の人の手を取り、自分は追放される運命にあると固く信じていたのだから。

「ひとまず、準備をしましょうか。ウィル、いつものあれを――」

「待ってくれ。ベラ。今日は変装はせずに、このまま行かないか」

扉のそばに立っている執事のウィルに合図をして、いつもどおりの黒髪変装セットを用意しようとしたら、アランに遮られてしまった。

「先日の一件で、君がお忍びで街にいることは周知の事実だということがわかった。これ以上、私が変装する意味はないと思うのだが」

「そう……かしら？」

そういうものだろうかと思って首を傾げると、口元に手を当てるウィルが見えた。

わけ知り顔をしていた彼は、わたくしと目が合うと慌てて取り澄ました表情へと戻る。

あやしい。とっても。

そう思ったわたくしがウィルに話を聞こうと立ち上がろうとすると、今度はアランに右手を掴まれる。わたくしをジトリと見つめるその瞳は、美しく紫色だ。

「どこへ行く？」

「いえ、ちょっと……ウィルと話をしようと思ったのですけれど」

ウィルに視線を向けると、両手で大きくバツ印を作った彼が首を横に振っていた。それは駄目ということらしい。

「……前から思っていたが、君はあの執事と仲がよすぎるのではないか。だからあのように狸親父にいいように言われてしまうんだ」

「まあ、そのようなことをおっしゃるのですね。……あら、でもたしかにそうですわね。うん、たしかに」

アランの物言いに少しムッとしたが、考え直してみたらたしかにそうだ。

どこに行くにもウィルと一緒で、わたくしのことを窘めながらも最後は「仕方がないですね」と許してくれるウィルを振り回してばかりだったような気がする。そういう意味では、たしかにウィルにべったりだったといっても過言ではない。

「たしかに、というのはどういう意味だ？　やはり君は、あの執事と……!?」

ふむふむと頷いていると、わたくしの手を掴むアランの手のひらに力が込められた。彼が立ち上がるのと同時に、壁に張りついていたウィルが慌ててすっ飛んでくる。

「あーっもう、ベラトリクス様、どうしてそこで考えこむのですか！　殿下の意図とは違うことを考えているでしょう！」

「違うこと？」

「ですから、アルデバラン殿下は、私とお嬢様が男女の仲じゃないかとずっと疑っていらっしゃるんです。それに今度は〝黒髪の新人執事〟が恋敵だと世間に見られているのですから、殿下はその噂を払拭しようと、そのままの姿での外出を提案なさっているのです！　お嬢様のお相手はご自身だと対外的にお示ししようと——あっ」

ウィルは勢いよく捲し立てたあと、今度は青い顔になった。しまった、と顔に書いている。こんなに表情がわかりやすいウィルも珍しい。

視線を向かいのアランに向けると、こちらはこちらで固まっていた。

「……アラン？」

「……今日は……帰る……」

「え、ちょっと待って、アラン。一緒に行きましょうよ！」

わたくしに背を向けてふらりと動き出したアランの腕を掴んで見上げると、耳まで真っ赤にした彼がそこにいた。図星だったということなのかしら。

「ねえアラン、今日は服をお揃いにしましょう。すぐに着替えてくるから、待っててくれるかしら。久しぶりのお出かけなのだから、帰るなんて言わないで。わたくし今日のアランとのお出かけを楽しみにしていたのよ。ね？」

家でゆっくり過ごしていたといっても、やはり外には出たくなるもので。ミラのご飯も食べたいし、もっとアランといろんなところを見て回りたい。

なんとか彼を引き止めようとして、腕にギュウとさらにくっつくと、一瞬天を仰いだ彼は、ようやくわたくしを見下ろした。

「……っ、ベラ。こうしてくっつくのは私だけだな？　執事とはしていないな？」

「ええ、もちろん。アランだけだわ！」

ウィルにくっついてぐいぐいと腕を引っ張ったりしたことはある気がするが、今はそれを言わないほうがいいと本能的にわかった。

顔を伏せていたウィルも、急いで顔を上げて身体の前で両手で丸を作ってたくさん頷いている。

どうやらこの回答は正解らしい。

「……わかった。じゃあ待っている」

「ええ、すぐに着替えてくるわ！」

「では殿下。お茶をお淹れします」

部屋を飛び出すとき、アランにお茶を給仕するウィルの姿が見えた。

なんだかバタバタとしたが、予定どおり出かけられることになってうれしい。

わたくしはメイドとともに、急いで彼が身につけている服と似たような色合いのワンピースを見繕った。心が表れているからか、今日選んだものはいつもよりも装飾が多く、うきうきした。


「満足だわ。今日はミラもいたしラッキーね」

下町のいつものコースでお腹がいっぱいになったわたくしは、浮かれた気分で石造りの路面を歩く。

「食堂も以前よりもさらに客が増えていたな」

いつもより視線を感じる気がするのは、隣に立つアランが黒髪執事の仕様ではなく、どこからどう見ても高貴な容貌でそこにいるからなのだろう。

黒髪執事との噂を払拭するためとは言っていたけれど、周囲の人――特に女性たちの熱い視線を彼に向けられると、それはそれでおもしろくない気もする。

「ベラ、向こうまで歩かないか？」

アランが指し示したのは、少しだけ町外れにある小さな公園のような場所だ。

いくらかのベンチと穏やかな緑が広がっている。了承したわたくしはアランとともにその場所へ向かい、大きな木の下にあるベンチへと腰かけた。

「ここは気持ちがいいわね」

「ああ。今日は少し日差しが強いからちょうどいい」

「夏も涼しいのよ。暑いときに、ここでよくウィルと休憩していたわ」

「……そうか」

アランの声色が一気に暗くなる。

うっかりウィルの名前を出してしまったが、それは今一緒に過ごしているアランにとってはあまり気分がよいものではなかったかもしれない。以前のわたくしがアナベル嬢に対して抱いていた気持ちと同じかもしれないのに。

「ベラトリクス」

急に真剣な顔をしたアランは、上体ごとわたくしのほうへ向き直った。紫の瞳は、まっすぐにわたくしを見据えている。

「私のせいで、これまでともに時を過ごせなかったことが、こんなにも口惜しい。君と過ごす夏は、どのようなものなのだろう」

「アラン……ひゃっ」

急に右手を取られて、手の甲に口づけられる。油断していたわたくしはそのくすぐったさに思わず変な声が出てしまった。

「これからも、君といろいろな季節をともに過ごしたい。そして時を重ねたい。ずっと。私はどうしようもなく、君に焦がれている。私の妃となって、ともに国を支えてほしい」

「――っ」

くるりと返された手の平に、彼はまたひとつ唇を落とした。柔らかく温かい感触がびりびりと伝わってくる。それに、彼の強い気持ちも。

こうしてまっすぐに気持ちを伝えられるのは初めてで、心臓がドクンと大きく脈打った。

ずっと婚約していたわたくしたちだったけれど、こうして心を通わせることになるとは想像もしていなかった。昔から大好きだった人だけれど、あのときの幼い気持ちとまた違ったものがわたくしの中にある。

「わたくしで、いいのかしら」

「――君じゃないと駄目だ。私には君が必要だ」

懇願にも似たアランの言葉に、わたくしはふんわりと笑顔を返した。

自由な左手で、さらりと彼の鮮やかな金の髪に手を伸ばす。指通りのよいそれは、さらさらとわたくしの指の間を流れてゆく。

真面目な人だ。まっすぐに国を憂いて、民のために動くことが出来る人。

孤児院で過ごしたあと、教育機関を充実させたいと言ったら即座に肯定してくれたときの喜びを、あなたは知らないでしょう。

「……国を負うのは大変だけれど、ふたりだったらきっと大丈夫よ。アークツルス様だっているのだから、彼にも背負ってもらいましょう。それに、臣籍降下したとしても、レグルス殿下だったら手伝ってくれるはずよ」

「ベラ……」

「偉くなっても、たまには城下にも遊びにいきましょうね」

「ふっ、そうだな。君といると、なんでも出来そうだ」

はにかむアランに、わたくしも笑みを返す。

「アラン、わたくしでよければこの先もお供します。わたくしも、あなたのことをとても可愛いと思っていますもの」

「……可愛い……？」

わたくしの発言に、アランは困ったような顔をする。

あら、あなたはわたくしが可愛いものが大好きだということも知らないのね。

そして、今再確認出来たけれど、わたくしは、こんなふうに彼を困らせることも好きなのかも。

「今年の夏は、バートリッジ公爵領に行きたいわ。海の幸が美味しいらしいの」

「叔父上のところか。それならば許可もおりそうだ」

「ふふっ、ミラも行くだろうし、せっかくだからスピカも誘おうかしら」

「そうすると、アークも来るだろうな」

「楽しそうだわ！」

彼とこうして穏やかに笑い合える日が来ることを、想像もしていなかった。

悪役令嬢ベラトリクスは、殿下のことを思うといつだって胸が張り裂けそうで、苦しくて辛くて怒っていた。

そんな彼女の大切な気持ちを礎に、彼女に溶けこんだわたくしもこの人を愛していこう。

——ベラトリクス、ありがとう。

柔らかな風が吹き抜ける緑の下で、わたくしは隣に座り直したアランと他愛もない会話をする。

そうしてゆっくりと流れる時間を穏やかに過ごしたのだった。

エピローグ　悪役令嬢が描く未来

その部屋に足を踏み入れたアルデバランは、眼前のその人の姿を見て息を呑んだ。

汚れのない真っさらな白色のドレスを身に纏った彼女の耳元では、自身の瞳の色であるアメジストの雫が揺れる。

首元から手首まで白い繊細なレースに包まれているその姿は部屋に差しこむ陽の光も相まって、非常に神々しく、まさしく女神のようだ。

「――アラン。どうかしたの？」

立ち止まり、呆然としているアルデバランを見て、彼の入室に気づいたベラトリクスは柔らかな笑みをたたえている。

燃えるような赤い髪は纏め上げられ、その上にやんわりとヴェールがかけられている姿はとても神秘的だ。

「ベラ……とても、綺麗だ」

「まあ、ありがとう。アランもとっても素敵よ」

「ありがとう」

ベラトリクスに褒められたことが素直にうれしく、アルデバランは頬を緩めた。

アルデバランが着ている礼服は、ベラトリクスのドレスと揃いの白色だ。ジャケットには金地の刺繍がところどころに施されており、その胸元には彼女を象徴するように赤い薔薇が一輪挿している。

いつもは下ろしている前髪を後ろになでつけ、正式な式典のためそれなりに準備はしてきたが、やはり今日の主役がベラトリクスであることは明白だろう。

学園を卒業して二年半。王妃教育を急ピッチで仕上げたベラトリクスは、通常の慣例に従い、予定どおり十八歳で王家に嫁いでくる。

今日はその晴れ舞台、婚礼の式典の日だ。

「ねえ、見て、アラン」

微笑むベラトリクスの指差すほうへ顔を向けると、ハンカチで顔を覆って号泣している執事のウィリアムの姿があった。

「ウィルったら、朝からああなの。うちのお父様よりも泣いているの。まったく、もうすぐ自分も父親になるっていうのに」

「しっ、しかし、ベラ様……!」

「ウィル……目が腫れています。そんなことではお嬢様をしっかりお送り出来ないではありませんか」

そんなウィリアムのそばでは、少しふっくらとしたお腹のエリノアが困ったような顔をしている。

二年前にふたりは結婚し夫婦となった。ウィリアムの目元にハンカチを当てているエリノアの手は白く滑らかで、あの日の傷痕はすっかり消えている。

婚礼の儀が行われる教会の大神殿には、親族や国内外の関係者が集まっており、ベラトリクスの両親はすでにそちらに向かっている。レグルスやミラももちろん出席するし、アークツルスとスピカもいることだろう。

あとはアルデバランとベラトリクスがふたりで揃って入場して、来客に見守られながらゆっくりと中央の通路を通って主祭壇へ向かう。

そこで永遠の愛を誓うのだ。

「お嬢様、本当にお綺麗です」

「ありがとう、エリノア。あなたには昔から迷惑をかけたわ。傷も綺麗に治ってよかった。子どもが産まれたら、絶対に連絡してちょうだいね」

「私なんかに……もったいないお言葉を……」

最後にベラトリクスのドレスを整えたエリノアはそこで言葉を詰まらせた。長年仕えてきた主人とのこれまでのことが脳裏に蘇る。

初めは傍若無人で高圧的で、手のつけられないところまで来ていた主人が、こうして立派になり、そして王太子妃となる。その事実にエリノアの胸に熱いものが込み上げてくる。

「あらあら。夫婦揃って涙もろいのね。……ふふ、でもわたくし、本当に半分はウィルとエリノアに育てられたようなものだわ。ふたりともこれまで本当にありがとう。わたくしを温かく見守ってくださったことに、感謝いたします」

「ベラ様……！」

優雅にお辞儀をするベラトリクスの言葉に、ウィリアムの涙腺は再び崩壊した。エリノアも堪えきれずにポロポロと涙をこぼす。

「……！　……！」

その様子を見ていたアルデバランは、ゆっくりとベラトリクスの隣へ歩を進め、彼女の肩に手を置いた。

「ベラのことは私が幸せにする。神に誓って。それから、君たちにも誓おう」

「殿下……ありがとうございます」

ウィリアムとエリノアは涙ながらに、アルデバランに対してしっかりと礼を取る。

隣でアルデバランを見上げるベラトリクスの瞳も潤んでいることに気がついた彼は、「そろそろ行こう」と部屋からの出発を促した。

「ねえ、アラン。わたくしも誓うわ。あなたを絶対に幸せにする」

「……っ、君はまた」

「ふふ、急に言いたくなったの」

チャペルに入り、祭壇へ向かうその最中に、ベラトリクスはアルデバランに唐突にそう告げた。

急なことにまた耳が赤くなる。

そんなアルデバランを見て、ベラトリクスはいつものように悪戯っぽく笑うのだ。

——幸せだ。光の中心のような場所に、純白のドレスに身を包んだ愛する人がいて、それを祝福してくれる人たちがいて。

まるで夢のような光景に、アルデバランは目を細める。あのとき、道を違えていたら得られなかった今がある。

話し合い、歩み合わなければ、初恋を拗(こじ)らせたまま最悪の結末に至っていた可能性だってあるのだ。

「ベラ」

「なあに？」

「愛している」

「な……っ、どうしてこのタイミングなのかしら⁉」

愛の誓いをするのは主祭壇に到着してからだというのに、赤絨毯(じゅうたん)の途中でアルデバランはそう告げた。

予想外だったのだろう。狼狽するベラトリクスを見るのは貴重で、アルデバランはつい頬が緩んでしまう。

「私も、急に言いたくなったんだ」

これからは言葉にして伝えたい。誤解のないように。君を傷つけないように。

そう思いを込めてベラトリクスを見れば、彼女は頬に朱が差したままにっこりと微笑んでいた。

「アラン、行きましょう」

「ああ」

差し出された手をアルデバランは自らの腕に誘導する。途中で歩みを止めてしまった王太子夫妻を見つめていた聴衆は、その初々しいふたりの姿に笑顔で拍手を送った。

神殿での式典が終われば、次は王都でのパレードだ。

屋根を取り外した白い馬車に乗って手を振る麗しい王太子夫妻を民は大いに祝福し、その日からお祭りのような盛り上がりは三日三晩続いた。

再び王都が喜びに沸いたのはそれからまた少しあと。

ふたりの間に、世継ぎの王子が誕生したときのことだった。

——そののち、シュテンメル王国では女性作家フィンが執筆したロマンス小説が一大ブームを巻き起こした。

心優しき赤髪の侯爵子息ベンジャミンが、社会に蔓延(はびこ)る巨悪をなぎたおし、婚約者である金髪の王女アリーとの愛をじわじわと深めていく物語だ。

ふたりはたびたび下町にお忍びで現れては、楽しく過ごす。

ダムマイアー商会から売り出されたその本は、これまでのものよりも随分と格安で、庶民にも手が届きやすい。さらには布教活動といいながら、孤児院や図書室には〝親衛隊〟と名乗る謎の団体からその蔵書が贈られている。

その物語を読んだ者たちは、たまに城下に現れては楽しそうに食事をする仲睦(なかむつ)まじい王太子夫妻の姿に物語を重ね、うっとりとした憧れを抱く。

本の普及により、教育施設の建設が急がれる。

もとより王妃は子どもの福祉に力を入れており、新たな教育制度を構築することに国を挙げて取り組んだ。

シュテンメル王国の黄金期――この国の穏やかな統治と豊かな食文化は、人々の口伝(くでん)や書物で後世にしっかりと継承されていくのだった。

Regina COMICS
1
悪役令嬢のおかあさま
[原作]ミズメ
[漫画]狩野アユミ
大好評発売中!
アルファポリス
Webサイトにて好評連載中!
待望のコミカライズ!
前世の記憶を持つ侯爵令嬢ヴァイオレット。日本のOLだった彼女は、どこか既視感のある不思議な世界で前世の知識を活かし楽しい日々を送っていた。そんなある日、とある出来事がきっかけで、自分は前世でやりこんだ乙女ゲームの世界を生きていること、しかも将来、“悪役令嬢”を生む母になることに気づく。ゲームの中の悪役令嬢は歪んだ家庭環境のせいで悪行に走ってしまった…… つまり、元凶はわたし!? そう考えたヴァイオレットは、誰も不幸にしないよう奔走し始めて——?
転生したのは乙女ゲームの“親世代”!?
アルファポリス 漫画
検索
B6判/定価:748円(10%税込)
ISBN:978-4-434-30586-3

Regina COMICS
モブなのに巻き込まれています
～王子の胃袋を掴んだらしい～
Mobunanoni makikomarete imasu
1～2
原作 ミズメ
漫画 おキャット様
大好評発売中!
アルファポリスWebサイトにて好評連載中!
「ミラ、聞いて。私ね、この乙女ゲームの世界のヒロインなの!!」宿屋の娘・ミラは、友人・スピカの告白をきっかけに日本人だった前世の記憶を取り戻す。スピカによると、自分は乙女ゲームのモブキャラらしい。それなら私は、大好きなごはんでも作ってのんびり過ごそう！　そう思っていたのに、スピカに振る舞った夜食の「うどん」が、ミラの運命を大きく変える引き金となって……？
アルファポリス 漫画　検索
B6判／各定価：748円（10%税込）
モブ少女の料理無双が止まらない!?

この作品に対する皆様のご意見・ご感想をお待ちしております。

おハガキ・お手紙は以下の宛先にお送りください。

【宛先】

〒150-6008 東京都渋谷区恵比寿4-20-3 恵比寿ｶﾞｰﾃﾞﾝﾌﾟﾚｲｽﾀﾜｰ 8F
（株）アルファポリス　書籍感想係

メールフォームでのご意見・ご感想は右のＱＲコードから、
あるいは以下のワードで検索をかけてください。

ご感想はこちらから

本書は、「アルファポリス」（https://www.alphapolis.co.jp/）に掲載されていたものを改稿、加筆のうえ、書籍化したものです。

悪役令嬢なのに下町にいます ～王子が婚約解消してくれません～

ミズメ

2023年　6月　5日初版発行

編集－境田 陽・森 順子
編集長－倉持真理
発行者－梶本雄介
発行所－株式会社アルファポリス
〒150-6008 東京都渋谷区恵比寿4-20-3 恵比寿ｶﾞｰﾃﾞﾝﾌﾟﾚｲｽﾀﾜｰ8F
TEL 03-6277-1601（営業）03-6277-1602（編集）
URL https://www.alphapolis.co.jp/
発売元－株式会社星雲社（共同出版社・流通責任出版社）
〒112-0005 東京都文京区水道1-3-30
TEL 03-3868-3275
装丁・本文イラスト－とぐろなす
装丁デザイン－AFTERGLOW
（レーベルフォーマットデザイン―ansyyqdesign）
印刷－中央精版印刷株式会社

価格はカバーに表示されてあります。

落丁乱丁の場合はアルファポリスまでご連絡ください。

送料は小社負担でお取り替えします。


ISBN978-4-434-32062-0 C0093